KB056030

초능력 시인

ARCADE 0002 PROSE 초능력 시인

1판 1쇄 펴낸날 2018년 2월 28일
지은이 김병호
디자인 최선영
인쇄인 (주)두경 정지오
펴낸이 채상우
펴낸곳 (주)함께하는출판그룹파란
등록번호 제2015-000068호
등록일자 2015년 9월 15일
주소 (07552) 서울특별시 강서구 공항대로 59길 80-12(등촌동), K&C빌딩 3층
전화 02-3665-8689
팩스 02-3665-8690
모바일팩스 0504-441-3439
이메일 bookparan2015@hanmail.net

ⓒ 김병호, 2018, printed in Seoul, Korea

ISBN 979-11-87756-15-6 03810

값 15,000원

초능력 시인

김병호

차례

먼저 읽는 에필로그

초능력 시인

먼저 읽는 에필로그

"개펄에 널린 바지락 껍딱이 웃다가 허옇게 배 뒤집을 일이쥬. 내가 워디 시를 읽것슈. 것따 쓴다구유? 시를? 지가 저짝 바닷가에서 고등핵교는 댕겼슈. 그작에 선상님이 나보고 그랬슈. 너는 머리 쓰는 일 근처에는 가덜 말어라구유. '손에서 경기가 나구 발에는 티눈 잡힐 겨. 그니께 당최 그러들 말어야 혀.' 그랬슈. 근디 경천동지헐 일이쥬. 사람 사는 일허구 화투짝 배때지허구는 뒤집어 봐야 아는 거유."

지역에서 나오는 소박한 문학잡지에 시를 발표하면서 그를 아는 많은 사람들을 경천동지하게 만든 전 소현마트 사장 천 씨는 첫 발표의 소감을 문자 이렇게 대답했다. 물론 책에는 '아마 바닷가 내 고향 사람들은 누구도 예상하지 못한 일일 겁니다' 이렇게 번역되어 실렸다. 잡지의 발행인이자, 주간이며, 기자이고, 사무실의 건물 주인인 강 씨는 한 가지 더 물었다. 시와 전혀 상관없는 삶을 살아오다가 이런 극적 변화를 겪은 계기가 무엇이냐는 질문이었다. 심근경색의 경험으로 삶과 죽음에 관해 남다른 깨달음을 얻었다는 대답을 기대했던 강 씨에게 천 씨는 마치 자신만 아는 정치인의 사생활이라도 들려주는 양 손소라를 만들어 강 씨의 귀를 감싸고는 이렇게 속삭였다고 한다.

"왜 있잖유, 그 양반. 자기가 초능력 어쩌구 하는, 글 쓰는 양반 말유. 내가 몇 번 같이 술 먹었잖유, 근디, ⋯."

여기까지 얘기하고는 뭔가 생각난 듯, 천정을 바라보며 눈을 끔벅이다가 입을 닫아 버렸다고 한다. 뭐 특별한 얘기가 있을 것 같지도 않았다. 시를 쓰는 그를 나는 잘 안다. 아마도 자신의 시 몇 편을 천 씨에게 보여 주면서 자신도 모르고 듣는 이도 알 수 없지만 익숙한 장황설을 퍼질렀을 것이다. 그러나 이렇게 특별할 것 없는 상황 안에서 무엇 때문에 천 씨가 인생의 변화를 맞았는지 나는 추측할 수 없다. 지금부터 읽게 될 이 책은 시인인 그의 시 몇 편과 간단한 산문을 소개하고 여기에 추측 가능한 배경들을 덧붙이고 있으니 궁금한 분은 그 이유를 가늠해 볼 수도 있을 것이다. 허나 이것만이 이 어지러운 책의 목적은 아니다.

동네에 사는 서른 중반의 여성 박 씨도 시도 때도 없이 동네를 휘젓고 다니는 그와 작은 인연을 가지고 있다. 최근에 살을 빼는 일에 놀라울 정도로 성공한 박 씨는 자신의 얘기를 쓸 경우 미혼임을 꼭 밝혀 달라고 했다.

"아, 그 소설 쓴다는, 아 참 소설가 맞아요? 하여간 시인지 뭔지 쓴다는 그 아저씨 저도 몇 번 봤어요. 그런 일 한다는 거야 나중에 미장원에서 들었죠. 근데 그 아저씨 새벽 산책 나갔다가 깜깜한 농로에서 몇 번 맞닥뜨렸는데, 처음에는 사람도 돼지도 아닌 것이 씩씩거리며 달려와서 얼마나 놀랐는지 몰라요. 소리도 못 지르고 비탈길로 떨어질 뻔했다니까요. 근데 요즘에는 안 무서워요. 혹시 지나가지 않나 산책길에 두리번거리며 찾아보기까지 하게 되던데요. 하여간 요즘에는 눈에 보이는 세상이 하나하나 세세하게 보이고 또 달라 보여요. 그러니까 사는 게 재미있어졌어요."

동네 용북고등학교 3학년 김 모 학생도 그와 관련해 뭔가 할 얘기가 있다고 해 만나 봤다.

"저는 믿어요. 그 아저씨 초능력 같은 게, 아니 뭐 거기까지는 아니지만 좀 이상한 기운이 있는 것 같아요. 저하고 한 번 술을 마셨거든요. 아니, 마신 게 아니라 그냥 나한테 따라 줬어요. 그 아저씨가,

그러니까 제가 잘못한 거는 아니잖아요? 딱 보면 아시겠지만 제가 공부 잘하는 범생이라고는 말 못 하는, 뭐 좀 달랐거든요. 근데 안에서 뭐가 막 솟구쳐요. 특히 과학 쪽에 흥미도 생기고 그렇게 막 올라오는 게 있어요. 이 근처에 있는 학교지만 대학도 갔어요. 저하고 놀던 애들은 못 믿어요. 이 무대뽀가 배신했다고 때리고 그래요. 히.”

집 못 찾은 유령처럼 동네를 떠도는 소문들은 이 사람들이 겪은 변화 또한 시를 쓰는 그와 연관이 있다고 속삭이고 있다. 그러나 그를 잠깐, 몇 번 만났다고 해서 사람 내면에 큰 변화가 일어났다는 추측은 사람 사는 이치에 많이 어긋나 있다. 그의 생활을 잘 아는 입장에서 말하자면 한마디로 믿을 일이 못 된다. 허나 혹시 이 일들이 서로 연결되어 있다는 증거를 찾고 싶은 사람이 있을 수도 있다는 가정에서 그의 생활 여기저기를 보여 주는 일도 이 책의 목적 중 하나이다. 그리고 여기에는 적잖은 그의 주사(酒邪)가 포함되어 있다. 이 책을 읽는 청소년이 있다면 어떤 영향을 끼칠지 조심스럽다.

이 책은 그의 시, 그의 산문, 이것들의 배경이 되는 그의 생활을 따라가고 있다. 다분히 내 주관적인 입장에서 그를 보며 쓴 책이기에 객관적 사실이라고 믿을 필요도 없으며, 이 책을 빌미로 갑자기 초능력적 현상을 믿기 시작한다거나 자연현상에 대해 극단적인 회의주의자로 탈바꿈할 필요도 없다. 지나는 봄바람을 쓰다듬으며 조금 흔들리는 여린 풀들처럼 그저 읽을 일이다.

끝으로 저능력 화가 박 씨의 얘기와 그와 내가 술 마시러 자주 갔던 밥집 사장님의 말을 옮긴다.

“그 형님, 뭐라케유? 자기가 초능력 있다구, 글츄? 여러 분야별루 다 초능력자가 있다대유. 아, 그 형님이 한 말인디. 근디 문학에는,

아, 특히 시에는 아직 없다는 겨, 초능력자가. 자기가 첨이라 그러든 디유. 먼저 선점하는 게 중요허다구. 지는 그런 거 관심 읎는디, 그거 하나는 확실허네유, 술 마시는 일은, 초능력은 몰라두 그 근처까지는 간 거 같어유. 후딱 잘 마시데유."

"그 양반? 작가인지 뭔지 그 양반? 밥 먹는 찌개 하나 시켜 놓고 반찬만 몇 접시 더 달라고 하고서는 술 마시고 갔어요. 가끔 혼자 와서는 텔레비전 보면서 밥 먹는데, 딱히 텔레비전을 보는 것 같지도 않고 잘 알아듣지 못할 혼잣말을 할 때도 있고, 하여간 밥하고 소주 두세 병 마시는데 20분도 안 걸려요. 호로록, 그래요. 혼자 와서는 참새가 물 마시는 것처럼 몇 번 부리질하고 일어서는데 빈 밥그릇하고 빈 소주병 몇이 남는 거예요. 신기한 구석이 있는 양반이에요."

초능력 시인

이 책은 그에 관한 잡스러운 이야기이지만,

　그는 시인이다. 시를 쓰는 사람을 시인이라고 한다면 내가 아는 한 그는 시인이다. 또한 그는 그저 시인이다. 시인이라는 말로 통용되는 몇 안 되는 부차적인 이미지나 현실적 효용과는 거리가 있는 그저 시인이다.

　인류 구성원 중 그와 그의 삶이 어떤 양상인지 궁금해하는 사람이 있을 수 있다는 아주 작은 가능성이 이 책을 시작한 유일한 동기이지만 지구라는 행성에서 생명이 탄생하고 변화해 온 과정에서 찾을 수 있는 기막힌 우연과 그 우연을 표현하기 위해 동원되는 소수점 이하의 미세한 확률에 비한다면 이 책이 필요한 이유가 차고 넘친다는 계시를 받은 곳은 사실 어느 취한 밤에 찾아온 꿈이었다.

　한 사람의 생은 거대한 인류사를 이루는 작은 입자임과 동시에 인류사 전체를 품고 있는 하나하나 작은 초점과 같은 것이기에 전체 인류사와 동등한 가치를 가진다는 식의 흔하고 식상한 핑계는 그에게 어울리지 않는다. 또한 내 꿈의 계시도 아니다. 시종일관 변하지 않는 그의 주장은 그가 초능력자라는 것이었고 내 꿈에 어른거린 불명확한 계시도 언뜻 그런 생각이 사실일 수도 있다는 뉘앙스가 없지 않았기에 나는 한동안 그를 주시하기로 했다.

　물론 그를 아는 사람은 나뿐이 아니다. 그에 관한 정보를 아는 사람 또한 나만이 아니다. 그가 보통 사람과 조금 다르다는 의심을 가지고 있는 사람도 더러 있을 수도 있겠다. 그러나 그에 관해 이야기를 하려고 마음먹은 한가한 사람이 나뿐인 것은 확실하다. 그러니까 이 책은 내 넘쳐나는 시간과 조금 이상해 보이는 그의 일상이 버무

려진 잡문일 뿐이라고 비아냥거리는 사람이 있더라도 크게 시비 걸 생각은 없다. 인생의 가치는 모두 인생의 주인이 찾아낸 것들이니까.

우선 간단하게 그가 가진 양상을 언급할 필요가 있다. 그가 주장하는 알량한 초능력의 배경을 짐작해야만 이 책을 읽어 나갈 수 있기 때문이다.

그에게는 어린 왕자처럼 눈에 띄는 아우라 같은 것은 애초부터 없었으며 이목을 끌 만한 이상한 곳에 살지도 않는다. 그러니까 한눈에 번쩍 알아볼 만한 신비의 존재는 절대 아니라는 말이다. 외양은 오히려 동네에 널린, 조금 추접해 보이는 아저씨와 비교했을 때 작은 어긋남도 없다. 까무잡잡한 원형의 얼굴에 아담한 키를 가진 그를 멀리서 보면 일견 다부진 체격으로 보이지만(이런 모양부터 우리가 머릿속에 상상하는 시인과는 이미 거리가 멀다) 가까이 다가갈수록 늘어진 형체를 숨기지 못하는 배는 스스로 정신적인 존재는 아니라고 웅변하는 듯하다. 제멋대로 방치한 머리카락들 하나하나는 각자 생이 지루하다며 자기식대로 몸을 뒤틀고 있었으며 하루 종일 땀으로 번들거리는 피부는 막 삶아 건진 돼지 족발의 윤기를 떠올리기에 부족함이 없다. 그의 장딴지에 난 털과 그가 애용하는 슬리퍼(그의 별칭은 '엄사리 쓰레빠'이다)가 서로 다른 존재라는 사실을 알아채려면 꽤 좋은 시력이 필요하다. 그물망으로 발목 부분을 만든 장화 슬리퍼라는 신상품을 개발한 사람이 그를 보고 아이디어를 얻었다는 소문도 있다.

그의 슬리퍼에 대한 사랑은 시로 드러나기도 한다.

시 슬레파

내 쓰레빠의 궤적이 언제부턴가, 내 생의 그것이다 기울어진 전봇대가 노래한다 쓰레빠가 찍은 왼 발자국은 허공의 턱수염을 쓰다듬고 오른 발자국은 전봇대를 타고 오르다가 슬쩍 늘어진 현수선*을 넘는다 솔레파, 노래를 따라가다 문 연 화장실에 한 남자가 누워 있다 참 시체스럽다,라고 중얼거리는 순간 벌떡 일어난다 그가 내 노래를 신고 있다 생의 자장 안에서 가장 편안하게 늘어진 자세, 다른 신발은 아무렇게 벗어 놓지만 쓰레빠만은 신발장 높은 곳에 고이 모셔 놓는다 노래를 보면 모두 신고 싶은 욕망이 일어나니, 분명 태초의 역사를 가진 본능이지만 곰팡이 낀 신발장의 높이만 가져도 생의 현수선은 공유하지 못한다 몸 어디건 거기가 제일 끝이 될 준비를 하고 있는, 무엇과도 화해하는 자세를 만들면 중력장 안에서 목적지까지 가장 빠르다 죽음과 최소 시간 경로, 그 비가역의 경로가 낮게 깔린 구름발치서 웅얼거린다 노래가 나를 신고 다닌다 솔레파

그의 시에서 어떤 냄새가 나는지 킁킁거리면서

쉽게 짐작할 수 있듯이 「솔레파」는 쓰레빠의 변주이다. 음악 하는 사람들은 곧바로 G7 코드로 알아듣겠지만 일단 쓰레빠가 '솔레파'로 변하는 순간, 그가 신고 다니는 오천 원짜리 낡은 발가락받이는 노래로 격상된다. 자못 치사한 짓이다.

그와 같이 음식점에 들어가 본 사람이라면 종종 볼 수 있는 광경

---

*현수선은 선분 밀도가 고른 줄이 중력에만 영향을 받아 자연스럽게 늘어진 모양이다.

이다. 신발을 벗어야 하는 순간 그는 지저분해서 누구도 발을 꽂기 싫어할 만한 슬리퍼를 항상 신발장 높은 칸에 곱게 올려놓는다. 구두나 운동화와 달리 음식점 바닥에 놓인 슬리퍼는 음식점 이용자 모두가 공용이라고 생각하기 때문이다. 게다가 음식점에서 슬리퍼를 신은 사람들의 행선지는 대부분 화장실이다.

"하루는 저 나이 든 슬리퍼가 내게 투덜거리는 거야. 너와 내가 소주 네 병을 비우는 한 시간 삼십 분 동안 화장실만 열한 번 다녀왔다고. 남녀노소를 불문, 대변기를 등지고 여섯 번, 소변기를 마주하고 다섯 번, 자신의 몸에 튄 오줌 방울들은 참을 수 있었지만 문밖으로 담배를 피우러 나간 두 번의 외출과 그 외출 중 자신의 배로 담배 꽁초를 비벼 끌 때에는 슬리퍼로 태어난 이번 생이 저주스럽다고 말했어. 나는 대답했지. 온당치 않은 일이라고. 미안하다고. 그리하여 당연하게 다시는 그런 일 없겠노라고. 그리고 너를 노래로 만들어 주겠다고."

이렇게 주정하는 그의 등 뒤로 신발장 가장 높은 곳에 모셔져 편안하게 쉬고 있는 슬리퍼가 반짝였다. 별자리로 올라간 신화 속의 인물들처럼. 내가 물었다.

"그럼 시에 나오는 중력장이니, 죽음과의 최소 시간 경로니 하는 얘기는 다 개소리야?"

"개가 들으면 개소리겠지."

나와 그가 아무리 친구 같지 않은 친구라지만 이런 모욕을 듣고 가만히 있으면 정말 친구도 아니다. 그러나 나는 그가 가진 만행적 배경을 알고 있기에 그저 웃어 주었다. 그는 술에 취해 시와 관련된 일화를 나에게 자랑스럽게 떠벌렸던 일 자체를 기억하지 못하는 것이다. 입을 꼭 다물고 있으면 마치 시의 뒤에 숨어 있는 함의와 배경이 생명처럼 스스로, 무럭무럭, 대단하게 자라난다는 착각은 시인들 중 안 걸린 사람을 찾기 어려울 만큼 이 업종에 흔한 질병이다.

모르는 사람과 쉬이 낯을 트지 못하는 그가 오랜만에 시인들이 모인 자리에 함께할 일이 있었다. 서울에서 출판사가 만든 자리였다. 서로 얼굴도 모르는 사이가 대부분인 데다 지면에서 시 제목에 달린 이름으로 한두 번 눈대중했던 사람들이 모였으니 빨리 술에 취하는 일 말고는 달리 할 일도, 분위기를 개선할 방법도 없었다.

글 쓰는 사람들을 모아 놓고 술만 제공해 주면 자연스레 벌어지는 일이 있다. 그 결과는 서너 살 먹은 아이 여럿을 한 방에 모아 놓고 아이들보다 약간 부족한 개수의 장난감을 넣어 준 후 10분 안에 벌어지는 상황과 얼추 같다. 모두 성인이고 심지어 술병의 개수가 풍족한데도 결과는 같다.

그날도 분위기는 크게 다르지 않았을 것이다. 그는 화장실에 가려고 자신의 슬리퍼를 찾았지만 없었다. 낯선 분위기 탓에 서울까지 끌고 간 슬리퍼를 높은 곳에 모셔 놓는 일을 잊은 것이다. 아쉽지만 식당에서 제공하는 진짜 공용 슬리퍼를 신고 화장실 문을 연 그는 초면의 시인 한 명이 그의 슬리퍼를 신고 화장실 바닥에 누워 고이 주무시는 장면과 만난다. 얼마나 편해 보였으면 그는 죽음과 가장 가까운 자세라고 느꼈으며 다음 순간 자신도 모르게 이렇게 중얼거렸다고 한다.

"내 노래를 신고 가다니!"

쓰레빠와 함께하는

그의 슬리퍼 사랑에는 나름 이유가 있다. 슬리퍼가 가진 효율성을 먼저 꼽는다. 술친구의 전화가 오고 아내의 잔소리가 폭발하는 두 개의 시점 사이, 그 찰나의 빈틈 사이를 비집고 집에서 출발하려는 순간, 허리를 굽혀야 신을 수 있는 신발은 이미 적이나 마찬가지이다. 발을 대는 순간 자동으로 발을 감싸면서 자유롭게 기동하는 슬리퍼는 사람을 제 시간에 제 위치에 있게 하는 뛰어난 효율성을 가지고 있다는 것이 그의 주장이다. 또 음주의 말미, 고통스러운 아랫배를 감싸고 도착한 현관에서 다시 허리를 숙여 벗어야 하는 신발은 저승사자 급의 공포라는 것이다. 그의 '쓰레빠'는 그가 발을 떼는 순간 실존적 날개로 변신하여 스스로 그리는 우아한 허공 3회전 끝에 자신의 자리에 착지한다. 주장을 정리하면 그의 슬리퍼는 5천 원으로 살 수 있는 경제적인 아이언맨 슈트이기도 하다.

슬리퍼는 자생적 통풍력으로 기후적응성 또한 뛰어나 무좀균과 동거하는 많은 아저씨들의 친구이기도 하다. 여름철, 예고 없이 신발에 물이 침투하여도 전혀 불쾌감 없는 배수성을 자랑하며 신발 하나로 다양한 변화를 줄 수 있는 패션의 가변성마저도 가지고 있다. 또 아저씨들끼리 상대방의 슬리퍼를 보고 서로의 '나와바리'를 예측할 수 있는 지역 대표성을 가지고 있을 뿐 아니라 정치적 위치마저도 감 잡을 수 있다. 일단 슬리퍼 애호가들은 대부분 극단적인 리버럴리스트일 확률이 높은 데다 그 형태와 활용도를 보면 대략 주인이 서 있는 정치적 위치에 관한 냄새를 보여 주는 것이 슬리퍼의 부차적 역할이다. 심심할 때에는 아이들과 발로 하는 '쓰레빠 누가 누가 멀리 날리나' 경기를 즉석으로 개최할 수 있는 스포츠 응용성도 가지고 있다고 귀 가까이서 속삭인 이후에도 20분 이상 슬리퍼와 관련된 부차 정보를 추가했다.

단 슬리퍼로 따귀를 때리는 행동은 절대 하면 안 된다는 첨언. 그가 고등학교 시절 체육 선생에게 선물 받은 이 가공할 만한 경험은 살의라는 충동이 사람 안에서 어떻게 생기고 자라나는지 생생하게 체험한 기억이었다. 또 하나, 그의 딸이 초등학생이었을 때의 일이다. 학예회를 앞둔 딸아이가 심각한 표정으로 아빠에게 부탁했다.

"아빠, 다 좋은데 학교에는 슬리퍼 신고 오지 마."

그 가을은, 11월까지 단벌 슬리퍼로 생활하던 그가 오랜만에 운동화를 꺼내 신었던 스산한 계절로 기억되지만, 지금 그의 딸 또한 '쓰레빠 애호가'로 자라고 있다는 소문의 씨앗이 된 시절이었다.

그를 위한 뒷담화이기도 하면서

하여간 그에 관한 어설픈 묘사로도 충분히 짐작할 수 있듯이 그에게는 돈을 버는 재주도, 벌 수 있는 팔자도, 벌려는 의지도 몹시 부족하다. 또한 안 벌려는 적극적 의지도 찾아보기 어렵다.

생활면에서도 그렇다. 시인으로 깊은 사색과 통찰을 보여 주는 일도 별로 없다. 책을 펼치면 5분이 지나기 전에 그 책은 꿈속으로 들어가는 관문으로 변신한다. 이렇듯 시인이거나 초능력자에게서 찾을 수 있는 색다른 양상을 찾아보기 어려운 원인은 오로지 유전자 탓이라고 그는 말하고 있지만 내가 보기에 그의 유전자에는 내면의 무능력까지도 각인되어 있을 듯싶다.

그의, 또는 우리 안에 있는 초능력적 면모를 돌아볼 계기이기에

일단 그의 전언을 빌어 그가 초능력자라고 주장하는 배경을 찾는 일은 그리 어렵지 않다. 뭐 좀 심심하기는 하지만 초능력에 관해 조금 훑어보면 바로 알 수 있다. '뛰어넘을 초(超)'라는 글자에 따르면 일반적인 사람이 머무는 능력의 범주를 뛰어넘는 사람을 말한다. 사전적으로는 이렇다. 그러나 현실에서는 조금 더 구체적이다. 염력, 예지력, 텔레파시, 투시력 등 초자연적인 현상을 일으킬 수 있는 정신적인 힘같이 우리가 가지고 있는 상식적인 합리성으로 설명할 수 없는 능력들이 그것이다.

그러나 가만히 들여다보면 이것들은 사람이 가지지 못한 것들에 대한 동경과 다름 아니라는 사실을 쉽게 알 수 있다. 이 동경들을 현실적으로 형상화해 놓으면 바로 초능력이라는 이름으로 드러난다. 우리가 가지지 못한 것은 바로 인간에게 주어진 제한이며 이것은 다시 우리 세계가 가지고 있는 시공간적 장벽이기도 하다. 내가 영향을 끼칠 수 없는 멀리 떨어진 것에 대한 동경은 '염력'이라는 이름으로 드러나며 다가올 시간에 대한 두려움은 '예지력'이라는 형태로 표현된다. '텔레파시'나 '투시력'도 공간적인 제약을 넘어 마음을 나누고 바라보고 싶은 소망을 그려 낸 형태이다.

그러나 이것들은 물론 완전하게 금지된 장벽은 아니다. 지금 우리 주변을 침착하게 둘러보면 거의 모든 초능력이 현실이 되어 있다는 사실을 알 수 있다. 기술, 그중에서도 인터넷이나 무선 네트워크는 초능력의 중심에 서 있다.

사람이 하늘을 날기 시작한 지는 오래되었다. 높은 압력과 암흑으로 가득 찬 깊은 바닷속은 물론, 공허와 진공의 지구 바깥까지도 사람은 돌아다니고 있다. 슈퍼맨과 달리 거추장스러운 장비를 착용해야 하는 번거로움이 남아 있기는 하다.

사람이 손가락을 움직여 멀리 떨어진 것을 움직이는 일로 놀라는 사람은 이제 찾아볼 수 없으며 심지어 수백 도에 이르는 혹독한 환경이나 수천 톤에 이르는 무게도 제한 조건이 되지 못한다. 우리나라에서 지구 반대편인 남미에 있는 사람과 실시간으로 대화를 주고받는 일이 꿈이 아닌 현실이라고 놀라는 사람이 있다면 그 사람 자체가 놀라운 사람이 될 것이며, 지구의 내부나 깊은 우주에서 일어나는 일 또한 관심만 있다면 이미 미지의 영역은 아니다.

이 정도의 능력이라면 신이 찍은 발자국의 깊이 정도는 알고 있다고 인간 스스로 도취하더라도 크게 웃음거리가 될 상황은 아니라는 생각이 든다. 역사적으로 신성이라고 추키는 것들도 인간의 영역 바깥에 있는, 그렇기에 인간이 상상할 수 있는 능력들을 투사해 모아 놓은 가상의 능력 이상은 아니다. 자유자재로 몸을 바꾸고, 말보다 빨리 달리며, 마른땅에 비를 내리고, 바다에서 배를 건지고, 타인의 속마음을 알아내고, 구름 위, 별 아래로 날아다니고, 죽음의 땅이 어디인지 알고 있기에 원한다면 영원히 살 수도 있으며, 우주의 은밀한 비밀 또한 말하지 않을 인내를 가진 지혜의 존재이지만 욕망만큼은 인간과 조금도 다르지 않은, 모순의 존재이기도 하다. 초능력과 더불어 날것의 욕망으로 뒤범벅된 인간의 형상을 우리는 신이라고 불렀는지도 모른다. 이런 시점이라면 우리 사회는 신의 사회이기도 하고 또 관심이라는 에너지를 장착한다면 충분한 초능력 사회이기도 하다. 이렇게 장황한 배경을 설명하는 일이 그가 주장하는 초능력을 폄훼하려는 의도라고 생각한다면 그것이야말로 초능력적 오해라는 사실도 분명히 밝힌다.

이야기는 시작된다. 끝은 없을지언정 시작은 있어야 이야기이다

옛날 옛적에, 아니 좌표를 알 수 없는 어느 시공간에 스스로 초능력자일 확률이 높다고 생각하는 시인이 있었고 그를 의심하면서 건드려 보는 또 다른 글쟁이가 살고 있다. 이것이 이야기의 시작이다. 시인은 시만 쓰면서(그마저도 잘 안 쓰면서) 여기저기에 산재해 있는 초능력적 자질들을 연결하며 자신의 인생을 그렸고 불쌍한 글쟁이인 나는 시를 제외하고는 거의 모든 글, 그러니까 노동으로서의 글쓰기를 하면서 그의 주변을 어슬렁거렸다. 그에 대한 질투나 시기가 전혀 없다고 말하면 거짓이겠지만(단지 시 한 종목만 그가 낫다고 생각하기 때문이다) 주로 그의 무능과 무책임을 질타하면서도 그의 주변을 떠나지 않았다. 조금 이상해 보일지 모르지만 조금만 생각해 보면 그리 이상한 일도 아니다. 무언가 찾아야 하고 노려보면서 씹어야 하는 사람에게 살짝 허황된 인격만큼 좋은 먹을거리는 없기 때문이다. 주변을 보라. 그리고 모든 부부 관계를 보라.

초능력에 관한 이야기이지만

내가 어떤 정신적 자세로 서서 그의 초능력을 다룰지 나는 예견할 수 없다. 그러나 내가 가진 초능력에 관한 가치관을 밝히는 일은 중요하다. 보는 이의 해석에 영향을 끼치기 때문이다. 그리고 이 주관이 내 것인지 그의 것인지 헷갈릴지언정 다시 따져야 한다. 아니 그럴 필요 없다. 중요하지 않다. 고백건대 그와 내가 많은 부분 상극의 성질을 가지고 있고 그렇게 서로를 노려보고 있음에도 특정한 사안이 닥쳤을 때에는 놀라우리만치 비슷한 결론을 내리는 것도 사실이다. 하여간, 진정한 초능력은 세상에 없는 것을 만들어 내는 것이다. 그런 면에서 종교에서 말하는 신이 있다면 그야말로 가장 모범적이고 가장 오래된 초능력자임이 분명하다. 시간과 공간, 아무것도 없던 곳(이 말은 시공간의 한 좌표를 지칭하기에 아무것도 없다는 말과 모순을 만들지만 언어가 가진 피치 못할 한계이기에 그저 맥락으로 이해하시길! 시공간 자체도 우리 우주의 탄생과 함께 만들어진 것이니)에서 세계라는 무엇인가를 만들었기 때문이다. 내가 믿지 않을지언정 인격신이 있다면 그야말로 대표적인 초능력자라는 가정을 인정하면서 시인인 그가 스스로 초능력자라 우기는 간지러운 배경 하나로 시작해 본다.

그 간지러운 배경은 이렇다

영어는 시를 'poetry', 시인은 'poet'라고 하는데 그가 들이미는 것은 이 말의 어원이었다. 고대 그리스에서는 뭔가를 만드는 일을 'poiesis'라고 했고 만드는 사람을 'poietes'라고 불렀다는 것이다. 그러니까 시인이라는 말의 출발은 인간이 이성을 무기로 뭔가를 만드는 일이다.

인류의 이성은 어디서건 비슷한 맥락을 가지고 있을지 모르는 일이다. 우리말에서 '짓다'라는 동사는 뭔가를 만드는 행위이다. 밥을 짓고, 집을 짓고, 약을 짓는다. 이 동사가 시를 만드는 일에도 붙는다. 그래서 시를 짓는 사람을 시인이라고 한다.

보기에 따라서 의미심장해 보일 수 있지만 보통은 아무도 신경 쓰지 않을 이런 배경을 설명하면서 그는 시인은 자신의 정신으로 뭔가 새로운 것을 만드는 사람이기 때문에 근원적으로 초능력자라는 말은 타당하다고 했다. 눈에 보이지 않지만 새로운 것을 만들고 세계의 비밀을 찾아내 발설하는 것이 시인의 일이기에 근본적으로 당연히 초능력자라는 것이다.

'그래서 시인이면 초능력자라고? 지랄!'

그의 얼토당토않은 주장에 나는 거의 소리를 지를 뻔했지만 술상을 엎어야 한다는 계시까지는 따르지 않았다. '시인'이라는 말 앞에 '진정한'이라는 수식이 들어갔어도 수긍하기 어려운 마당에 그저 시인이라니. 그러나 내 이성은 이런 말이 아닌 말에 감정적으로 대응함으로 그와 똑같아지는 함정에 빠지는 일 정도는 충분히 피해 갈 정도로 견고하고 훌륭한 것이다. 나는 표정을 다잡고 낮은 목소리로 천천히 물었다.

"그런데 왜 내가 아는 현실의 시인은 모두 그렇지 못하지? 아니 그런 일에는 아예 관심이 없는 것처럼 보이지? 좋아, 백번 양보해서 너는 일단 제외하고 하는 말이야."

그는 제멋대로 흐트러진 긴 머리카락을 쥐어뜯으며 오랜 시간 입을 열지 않았다. 매번 그렇듯 자신이 신앙처럼 믿고 있는 그 깊고 넓은 상상력에 술의 힘을 더하는 상투적이고 반윤리적인 과정을 통해 새로운 궤변을 만들어 내고 있는 것이다. 이런 면에서 그는 지기 싫어하는 쪼잔한 시인이고 또 과장하기 좋아하는 얼치기 초능력자이다. 그가 궤변을 완성하기 전에 내가 알고 느껴 왔던 시인이라는 족속에 대해 말해야겠다.

단지 시를 짓는 사람을 시인이라고 한다면 물론 나도 아무 시비 걸 생각 없으며

  가정은 딱 여기서 끝나야 한다. 그 이상도 이하도 아니어야 한다. 그러나 이 언사를 이해하려면 시인이라는 말이 어떻게 통용되고 또 어떻게 멸시의 아이콘이 되었는지 약간 현실적 맥락이 필요하다. 일단 시인이라는 말에 보통 사람들은 어떻게 반응하는지 보자. 시인인 그로 인해 나는 직접적으로 여러 번, 거의 내 일처럼 느껴 보았다(넉넉히 이해하시라! 이 비좁은 땅, 보편적이지 않은 경우의 예시이니까).

  낯선 이들이 서로의 정보를 교환해야 할 기회가 생기면 사람들은 아주 정중한 외피를 쓰고 단어를 사려 가며 서로에게 뭐하는 놈이냐고 묻는다. 상대방의 먹이 취향과 전투 능력을 가늠해야만 누가 먹고 누가 먹힐지 시뮬레이션할 수 있기 때문이다.

  거의 들판의 야수들이다. 상대방이 나에 대해 아는 것보다 내가 조금 더 알아야 한다는 본능은 약육강식의 평원에서 생사를 건 전투를 앞두고 조금이라도 우위를 점하려는 야생의 본능과 다름이 없다. 사람이 모여 사는 곳이 다시 그런 곳이 되었다. 그 이유를 따지는 일은 다음으로 미룬다(또 그와 지루한 논쟁이 벌어질 것이다). 이런 상황은 생식을 앞둔 암수들이 모인 자리라면 더욱 처절하다. 이런 치열한 경쟁의 자리에서 희귀하게도 이런 대답을 듣는다면 당신은 행운

아이다.

"저는 시를 쓰는 사람(詩人)입니다."

사람들은 환하게 웃으며 편안하되 시니컬한 표정으로 변한다. 이 냉소의 배경에는 '저 인간은 나의 경쟁자는 아니구나!'라는 안도와 '별스런 인간을 다 만나네!'라는 흥미가 뒤섞여 있다. 물론 생존경쟁의 긴장은 여러 단계 희석된 상태이다.

자, 이제 그들의 심리적 결론들을 편안하게 정리해 보자. 시인이란 '전혀 돈과 상관없는 뻘짓 전문가, 또는 별종'이라는 노골적 표현을 대놓고 못 하는 아쉬움이 뻘쭘한 여운으로 떠돈다. 거의 모든 얼굴이 그렇다. 시인들끼리 모인 자리는 더 심각한데, 그 자리의 묘사는 차마 할 수 없다. 이것은 그에 대한 최소한의 예의이다.

그러나 얼마 전까지 시인이라는 호칭은 상당히 낭만적인데다가 뭔가 시대적 무게가 실려 있었다. 30-40년대 문학이라는 도저한 낭만 위에 실려 있던 시! 80-90년대 시의 어깨에 얹혀 있던 현실의 무게까지 들추며 따지려는 것은 아니다. 시는 이미 모든 걸 집어던졌다. 아니 빼앗겼다고 하는 게 시인이라는 주체에 어울릴 수 있다. 그렇다면 이제 누가 시인에게서 낭만과 시의 사명을 빼앗아 갔는지를 힘주어 말해야 하는 것이 논리적 순서이지만, 그것은 힘없이 나부끼는 시대 탓이며 암세포처럼 자기 증식이 유일한 목적인 자본의 범죄라고 눈에 핏발 세워 이야기를 하고 싶은 촌스러운 욕망 또한 없지 않지만, 또 다른 뻘소리이니 여기까지.

말하자면 줄거리는 '시인이라는 뻘짓'에 관한 이야기였다. 명절이라고 하면 기계적으로 '고향'이 떠오르는 것처럼 시인이라고 하면 나는 즉각 '뻘짓'이라는 단어가 떠오른다.

수많은 형태로 진화했던 뻘짓들 중 먼저, 술자리에서 도 넘기. 이것도 물론 예전의 얘기이다. 특권마냥 자신의 주량 초과하기. 그래서 자신이 짊어진 정신의 무게를 최대한 부풀릴 수 있는 면죄부를 받아 자신이 독점하기. 그래서 여론이 허용하는 선을 훌쩍 넘어 무차별로 떠들어 대기. 상식선의 윤리적 언어를 넘어서기(막말이나 비속어 남발하기, 마치 자신은 시대의 윤리를 초월한 듯). 자신이 가진 전투력의 선을 넘어서기. 그래서 아무에게나 들이대기. 그리고 자신이 가진 맷집 이상으로 얻어터지기. 술값은 사회악이라는 듯 치를 떨다가 시끄럽게 도망가기. 등등 열거하자면 끝도 없지만 가장 대표적인 뻘짓은 한 발자국 더 나아가기이다.

　이것은 사실 거의 모든 시 쓰는 사람에게서 나타나는 병증과 같은 것이다. 남들보다 몇 발자국 더 나아가야 직성이 풀리는 이 증상은 긍정적인 면과 부정적인 면이 있다. 긍정적인 현상으로 작용하는 경우는 다름 아닌 시를 쓸 때이다. 이는 시를 쓰는 도구 중 하나로 남들이 생각을 멈추는 곳에서 더 나아가 집요하게 파고드는 정신적 기제로 작용한다. 남과 다른 시는 이럴 때 나온다. 남다른 감성에 기반한 새로운 표현과 독특한 해석은 이 정신 덕이다. 그리고 이 부분은 나와 그의 생각이 일치한다.

　부정적인 면으로 작동하는 경우, 이 증상을 한마디로 표현하는 정확한 전문용어가 있다. 바로 '엄살'이다. 자신이 아프고 괴로우면 정말 마리아나 해구의 바닥까지 가라앉을 정도로 아프고 인류의 모든 고통을 쥐어짜 나온 검은 진액을 모두 들이마신 듯 괴롭다. 자신이 희망적일 때에는 가슴에 세 개의 태양을 품은 듯 눈부시다가도 한순간 다시 나락에 몸을 던진다. 이 과정은 아주 빠르다.

극단적인 조울증을 보이는 신파조의 연기는 무대 위에 있고 또 텔레비전 안에 있기에 우리는 외면할 수 있는 선택권을 가지고 있다. 피할 수 없는 술자리에서 맞닥뜨린 이 괴로운 현실은 당해 보지 않은 사람이라면 한번은 겪어 보라 추천하고 싶다. 술값을 낼지언정 먼저 일어나는 일이 얼마나 뿌듯한 일인지, 매일 들어야 하는 마눌님의 잔소리가 얼마나 애정 어린 것이며 가끔 눈을 동그랗게 뜨고 대드는 아이들이 얼마나 순수한 표정을 가졌는지 흠뻑 되새길 수 있는 기회이자 스치며 지나는 수많은 일상에 감사할 찬스이다.

열 걸음 양보하자. 현실에서 벌어지는 이런 일은 그래도 봐줄 만하다. 이런 정신적 상태를 시랍시고 활자로 찍어 역사에 남기는 이들이 있다(내 눈에 들어오는 그런 글은 즉시 버림으로 역사에 남지 않는 일에 일조한다. 그리고 역사에 빈자리가 얼마나 있는지 대충 알기에 확률이 낮다는 정도로 스스로 위로하고 있다). 차마 눈뜨고 못 볼 시, 아니 좋게 말해 정서적 눈곱 같은 것을 자랑스럽게 나누려 드는 이들이 있으니.

지금도 시인이라는 이름으로 펼쳐지는 이런 뻘짓과 뻘시를 찾는 일은 그리 어렵지 않다. 시인이라는 명찰을 이성을 꼬드기는 일에만 적극적으로 활용하거나(성공률에 관한 통계는 찾기 어렵지만) 연민을 부르기 위해 뿜어 대는 페로몬 정도로 여기는 사람은 그저 범상한 축이다. 시인이라는 뻘짓. 그러니까 몇몇 시인은 뻘짓의 초능력자이다.

이런 습관이 초능력과 무슨 상관이 있는지는 알 수 없지만 그는 1년에 한 번 이발한다. 초여름 더위에 땀이 흐르는 소리가 귓불에 메아리치기 시작하는 순간 1년 동안 방치하였던 머리카락을 삭발함으로 여름을 준비한다. 지금 그의 머리카락 길이가 지저분해 보이기 시작한다면 여름이 다가오고 있다는 신호이다. 이마를 가리고 있던 긴 머리카락을 뒤로 넘기면서 의자를 앞으로 당기는 소리는 그의 궤변이 어느 정도 완성되었다는 신호이다.

물론 시 쓰는 사람을 어떻게 여기느냐에 있어 나와 그의 의견은 갈린다. 그저 시인인 그는 내 이런 발언에 펄쩍 뛰며 그의 장기들 중 하나인 격조 있으면서 천박한 욕으로 궤변의 서두를 장식할 것이다. 파렴치범이 사는 곳이라고 아파트 단지 전체를 파렴치범 수용소로 보는 격이라고 나름의 논리를 들이밀 것이다. 이즈음 가장 좋은 방법은 내가 먼저 선방을 날리는 것이다.

"우리 사회에서 시인이야말로 약한 존재이고 더욱이 스스로 한없이 약한 척하는 존재이기에 싸워야 할 일 앞에서는 가장 빨리 증발하잖아? 그리고 사후에 감성적 합리화에는 누구도 따라올 수 없는 귀재잖아! 자신의 잘못된 버릇에 관해서는 아주 나쁜 기억력을 가진 족속이기도 하고… 아, 물론 너는 빼고 하는 얘기야. 너는 그마저도 할 의욕이 없는 것 같으니까."

아마도 그는 나를 콤플렉스에 찌든 야유 전문가쯤으로 내몰 생각이었을 것이다. 그러나 입을 열려던 그의 얼굴에서 공포의 순간 핏기가 가시듯 분노가 사라지는 것을 보았다. 그리고 선선히 고개를 숙였다.

"시는 그 자체가 목적이 되어서는 안 되는데, 그렇지? 시는 언어로 치를 떠는 몸부림인데, 안 그래? 몸부림은 어디론가 향하는 과정이지 목적이 아니잖아? 방향은 정하지 못했더라도 이곳에서 벗어나기 위한 몸부림, 치떨림, 그렇지 않나? 시는 온전한 몸부림인데."

　그는 종종 파국의 언저리에서 순한 눈으로 한 단계 더 가라앉는다. 서로의 언덕을 알기 때문이다. 그 언덕이 때에 따라 어떤 그림자를 그리는지 알기 때문이다.

시 시(詩)

　내게서 증오를 훔쳐 가지 않고서야
　미쳤다고 들풀은 수액을 끌어올려
　이슬을 달았을까

　기도에게 약속을 구걸하지 않고서야
　미쳤다고 허공은 안개를 쥐어짜
　한 획 휘파람을 날렸을까

　무료하게 긴 복도를 서성이며
　콧물을 빨다가 내장까지 들이마신
　공복의 저녁을 낙타가 지난다

　연기를 채집하는 아이가 지난다
　어둠을 빼앗긴 그림자가 지난다
　내게서 두려움을 추출해 스스로 땅거미 지는
　미친 글자들, 심연의 야윈 잔등

그가 쓴 시에 관한 시이다. 시의 내용이 평소 그의 생활과 맞닿는지는 일단 따지지 않겠다. 시인들은 워낙 모르는 것을 아는 척하는 일에 능수능란하니까. 이제 시작이다.

세계는 부분의 총합, 그 이상이다

네트워크의 힘이자 연결의 힘이다. 단순하고 작은 것들이 많이 모여 네트워크를 이루면서 혁명적 변화가 일어난다. 창발(創發, emergence)이라는 과정이다. 단순한 것들이 모여 조직되면서 자발적으로 새로운 무엇이 생겨난다.

인간은 세포들의 합 그 이상이다. 세포들이 모이면서 생명 현상이라는 초월적 질서를 이루었으며 다시, 모든 것에 가치를 부여하는 정신 현상까지 가지게 되었다. 그 정신은 이제 아득한 고향인 우주를 응시한다.

우리 우주 또한 구성원들의 합 그 이상이다. 빅뱅 이후 137억 년 동안 팽창하고 있는 시공간 안에 천억 개 이상의 은하들이 있고 각 은하들 안에는 태양과 같은 항성이 천억 개 이상 있으며 그 항성들은 주변에 수많은 행성들을 거느리고 있다. 우리 지구는 그중 하나이다. 아직 인간의 질문에 답을 하지 않고 있는 암흑 물질과 암흑 에너지 또한 우리 우주를 충만하게 하는 구성 요소이다. 그리고 우주가 합 이상의 가치를 가지는 것은 모든 구성원이 연결되면서 전체 우주와 조응하고 있는 생명을 품고 있기 때문이다.

초능력은 전체에서 과정을 제외한 것이다

초능력의 원천은 세계가 가진 이런 특성 때문에 발현한다. 작은 것들이 연결의 힘으로 뭔가 새로운 것을 탄생시키는 과정은 우리가 알고 있는 초능력의 패턴과 같다. 누군가에게 갑작스레 새로운 능력이 생긴 개인적인 경우나 누군가 새로운 능력을 가진 사람이 나타나는 사회적 경우 모두 그래야만 할 수밖에 없는 배경을 가지고 있다. 이후 이 상황에 적당한 적이 출현하며 그럴 수밖에 없는 위기와 변화가 닥친다. 그리고 이런 변화의 배경에는 질적 변화를 이끄는 충분한 양적 변화가 축적되고 있다.

이 과정을 이해한다면 조금 다른 시각으로 초능력을 볼 수 있다. 초능력은 인간이 무언가를 이루기 위해 하나하나 쌓아 나가는 변화에서 그 과정을 제외하고 바라보는 일이다.

그가 집을 출발했다. 작은 아파트 단지를 빠져나와 큰길을 건너고 버스 정류장을 지나 철로변 길에 오른다. 중학교 교사인 황 선생의 호출은 물으나마나 거나한 한잔이 목적이다. 선생의 집은 역 앞에 있는 신축 아파트였고 목적지인 술집 또한 선생의 집에서 가까운 곳에 위치해 있다. 물론 그는 땀에 젖어 흐느적거리며 걸었고 누구도 알아볼 수 있는 그의 외양과 걸음걸이를 흘리지 않고 유리 가게 장 사장이 차창 밖으로 손을 흔들어 그에게 아는 체를 했다. 어디 가냐고 소리를 질러 물었지만 그가 어디로 무얼 하러 가는지는 모르는 사람만 모르는 일이다. 20분 후 그가 입은 반팔 티셔츠의 위쪽 절반이 땀으로 짙어질 즈음 허름한 술집의 문은 열린다.

"사장님, 에어컨 아낀다고 무덤에 못 가져갑니다."

시간이 지나도 변하지 않기에 닳고 닳았다고 말하는 것들이 있다. 닳는 일은 가장 적게 변하면서 오래 버티는 길이다. 그의 말은 닳고 닳았다.

이 장면에서 기차역 앞 술집까지 걸어가는 과정을 싹 도려내면 그는 집을 나서자마자 바로 술집에 모습을 드러낸다. 부정할 수 없는 초능력이다. 말하자면 땀 찬 초능력인데 그가 스스로 초능력자라 우기는 배경에는 아마도 이런 트릭이 있을 것이라고 생각한다. 물론 내 생각이다.

그런 면에서 가장 강력한 초능력은 추상이다

많은 사람이 인간의 초능력을 이야기하지만 추상(抽象)이라는 발명을 마주할 때면 인간에게 초능력이 있음을 인정하지 않을 수 없다. 물론 모두가 가진 능력을 초능력이라고 하지 않는다. 그러나 추상과 관련된 것이 인류 공통의 결과물이라 하더라도 자연의 본질에 성큼 다가서는 마술 빗자루 같은 것이기에 그 자체로 혁명적인 정신 작용이면서 놀랄 만한 초능력이다. 무에서 새로운 무를 만들어 낸 일이니까.

현대 문명을 이루는 데 있어 내적 근간이 된 수학이야말로 온전히 추상으로만 이루어진 건축물이다. 주목할 만한 또 하나 추상이 있다. 바로 시이다. 시는 추상으로밖에 파악할 수 없는 삶의 본질을 언어로 드러내려는 몸부림이다. 그의 말대로 하자면 헛된 것에 핏물을 튀겨 그 형태를 짐작게 하는 일이다.

화제가 여기에 이르자 마치 준비해 온 듯 그는 쏟아 내기 시작했다. 그는 의외로 무식하나 의외로 날선 축을 보일 때도 있다.

"정육면체로 존재하는 자연물은 없어. 정확하게 자연수의 계단을 따라 오르내리는 자연현상도 없지. 0이라는 수를 현실에서 보여 주는 대상도, 음수로 표상할 만한 존재도 없잖아. 더욱이 제곱해서 음수가 되는 허수(虛數, imaginary number)는 존재하지 않는 것을 전제로 만들어진 수야. 그런데 이런 것들이 우리 세계의 구조를 기막히게 설명하고 있을 뿐 아니라 이 추상이 미래를 설계하잖아?"

'또 지랄의 태동이다.'

나는 잘 알고 있다. 45도로 삐딱하게 틀고 앉아 나를 성에 안 차는 맞선 상대 취급하던 심드렁했던 술자리에서 그가 번쩍 관심에 맞아떨어지는 주제를 만났다는 사실은 타인에게는 길고 지루한 시간의 서막이었다. 채널을 돌려야 했다.

"사물은 모두 다르지만 그 다른 외양이나 기능들 뒤에는 본질적으로 같은 뭔가가 존재한다는 말이지. 심리학에서 원형이라 부르는 이 근원적인 특징들을 수학은 비율과 형식으로 계량화하고 기호화하잖아. 그러니까 추상은 서로 다른 것들의 배경을 뒤져서 같은 그림자를 찾아내고 기호화할 수 있는 능력이야. 왜? 문제 있어?"

"좋아. 추상이야말로 인간이 가진 지적 능력들 가운데 가장 차원 높은 정신 작용이라는 데 전적으로 동의한다 치더라도, 남성이 거부할 수 없는 높은 차원의 명령 중 하나인 '그만 마시고 빨리 들어와'라는 마눌님의 문자는 어떻게 할 건데?"

시인은 자발적 빈곤의 상징이고 불우한 환경에서 꿋꿋하게 불우함으로 버텨 내는 희대의 불우 이웃이라고 믿는 사람이라면 아마도 시인의 아내라 불리는 사람에 관해 고정관념을 가지고 있을 확률이 높다. 그의 아내는 역사의 인물처럼 유명한 악처도 아니며 배우자의 희생이야말로 고귀한 예술을 살리는 훌륭한 덕목이라 여기는 근대적 여성도 아닌 그저 이 시대의 아줌마이다. 연애 시절 남들보다 조금 재수가 그저 없었던, 그래서 시인을 만난 아줌마라고 하면 작은 위안이 될지 모르겠다.

시인의 아내는 조금 전 전화를 했다. 아니 문자를 쳤다. 그가 뒷주머니에서 빠른 속도로 꺼내 보고 다시 접어 넣은 2세대 핸드폰(스마트폰이 아닌 옛날 핸드폰으로 이제 그 사용법만큼이나 그가 고집하는 이유도 알 수 없는)에 적힌 짧은 문장을 나는 짐작한다. 그의 찢어진 눈꼬리가 아주 가늘게 경련하는 것을 놓치지 않았기 때문이다.

"추상은 현실을 연산해서 기호로 변환한 결과물이야. 아마도 다른 모양을 가진 포식자들을 하나의 카테고리로 정리하는 과정에서 기호가 탄생했을 거야. 전형적인 추상의 과정이라고."

그의 말소리는 눈에 띠게 작아졌으며 불안이 끼어든 눈동자는 잘게 흔들리기 시작했다. 그는 속보이는 핑계를 대면서 10분 안에 자리를 털고 일어날 것이다. 눈앞에 없는 대상을 무서워할 수 있는 능력 또한 추상의 힘이다.

시 내복통의 꽃무늬 여인을 위한 세레나데

존재들 사이의 거리를 멀찌감치 떼어 놓기 위해 스스로 투명해진 가을볕은 때로 그 볕에 데인 사람을 아예 지워 버리기도 합니다 가을이면 그래서 추근추근 사람 곁을 채근하는 모양들 모두가 사람입니다 어떤 가을이었건 첫 번째 가을이 있었다는 사건을 지워진 사람

이라면 짐작하고 있듯이 어떤 바람과도 처음은 있습니다

강물에 그림자를 담근 당신을 보았다고 누군가 내게 일렀을 때 나는 지하도에서 밟은 작은 발자국 하나에 한나절 온전히 넋을 놓았다더군요 아랫배로 철딱서니 없이 번지던 노을에 손 담그지 않았나요 울적한 오해는 그렇게 암술을 내어놓았나요 첫 가을이었나요 다시 마지막 바람이었나요

그러나 당신과 나를 이루는 분자들 중 몇은 한 사람의 몸 안에서 서로를 바라보았던 바람이었습니다 오래전 일이죠 지금 당신의 한숨은 누구의 축축한 망막이었고 지금 나의 미열은 누구의 통통한 허벅지 살 어디, 그래서 서로를 바라지 않았을까요 그것이 처음이었을까요 몇 덩어리의 세월을 앞서 당신은 바위의 각진 어깨였고 나는 떨어지는 빗방울로 한 번쯤 당신이라는 바위를 쓰다듬었지요 기억해요 당신은 소박한 그림자를 가진 한 뭉치 구름이었고 나는 구름의 그림자가 스쳐 간 대지의 어느 조각이었더라도 아니 확인하지 않아요 기억해요 기억하면 그만입니다

옷장 안 쭈그린 꽃들에게서 털어 낼 수 없는 첫 가을은 우리 시공간의 어디쯤에서 펄럭이고 있을까요 흔들리고 있을 겁니다

어느 날의 반성이 원자 단위의 윤회로 이끌다

그가 아내에게 노골적으로 아부해야만 하는 상황이 무엇이었는지 자세히 알 수 없지만 이런 종류의 시를 썼다는 사실 하나만으로도 상당한 위기감에 포위되었을 것이라고 나는 추측한다. 하기 싫은 일은 절대 하지 않는 그의 성격(이상하게도 하기 좋은 일도 잘 하지

않는다)으로 미루어 보건대 그의 자발적 선택일 리 없는 몰랑몰랑한 경어체 문장은 평소처럼 무의식이 고삐를 쥔 시가 아니라 의식이 목적을 가지고 움직였다는 사실을 자백하고 있다.

아마도 무심코 옷장을 열다가 꽃무늬가 새겨진 낡은 내복을 보았으리라. 어느 가을이었으리라. 어느 옛날 누군가를 만남으로 첫 번째 가을은 시작되었으리라. 기억은 더 오랜 과거를 떠돌며 굶주린 들개처럼 인연을 찾았으리라. 원자 단위의 윤회로 설명될 만큼 운명적인 만남과 이별은 어딘가에서 펄럭이고 있으리라. 그리고 이 모든 장면의 배경에는 무덤덤하게 자신의 일만 하며 사는 한 여인과 그런 여인을 폭발하게 만든 그저 시인의 반성적 자백이 흐르고 있으리라.

그리하여 소크라테스여

소크라테스는 산파였다. 자신이 아무것도 모르고 있다는 사실을 일깨워 무지의 존재로 거듭 태어나게 돕는 산파였다. 그의 덕에 옛날 어느 도시에서는 모르는 자가 아는 자를 이기는 일이 비일비재했고 무지에 대한 자각과 고백이 최고의 미덕이었을 수도 있다. 그랬을까? 당시 도시의 분위기를 바꿀 만큼 소크라테스가 스타였는지 정확하게 알 수는 없지만 여러 사람들에게 껄끄러운 존재였던 것은 분명하다. 사형이라는 협박으로 멀리 쫓아 버리려는 수작이 이 사실을 말해 준다.

그런데 일은 뜻대로 되지 않는다. 70살이 훨씬 넘은 소크라테스는 그냥 죽겠다고 꼬장을 부리기 시작한다. 알면 행하라고 마르고 닳도록 떠들고 다녔던 노인네가 죽음이라는 행동을 고집할 때에는 뭔가 깨달았기 때문일 수도 있지만 그냥 꼬장일 확률도 높다. 이것이 그의 생각이다.

"자발적으로 죽음을 선택하게 만드는 깨달음은 뭘까? 아빠, 목숨과 바꿀 만한 큰 대의가 있었어?"

"그러니까 말이다. 이리저리 사람 자존심에다가 염장하는 소리 떠들고 다니다가 힘 있는 놈하고 시비 붙고는 배 째라, 나는 죽겠다, 이런 거잖아? 그리고 죽겠다면서 자기가 빚진 닭 한 마리는 왜 제자에게 갚으라는 부탁을 유언이랍시고 떠넘겼데? 쪼잔하시게."

고등학생인 딸이 교과서에 등장한 소크라테스를 약간 비꼬아 밥상머리에 올리자 그가 얼싸쿠나 훌러덩 오버하고 말았다. 아마도 유명한 사람에 매겨진 비싼 이름값을 만나면 무조건 깎아내리려는 그의 습성의 발로였을 것이다.

이런 태도는 시를 바라보는 눈에서도 드러난다. 김소월이나 윤동주의 시는 너무 신화화되어 있다고 떠드는 얘기를 술자리에서 여러 번 떠들었다. 그들이 어려운 시대를 관통하며 힘겹게 시를 썼으며 또 예민한 시적 감수성을 가진 이들이라는 사실은 인정하지만 유명세라는 계급장을 떼고 냉정하게 보면 그저 부드럽고 잘 쓴 이십대 청년의 시라는 것이다. 이 문제는 문학하는 사람들에게 예민하다. 따라서 혹시 그를 직접 만날 기회가 있다면 이런 생각이 조금이라도 근거가 있는 것인지, 아니면 못된 습성의 발작인지 직접 따져 보는 일도 재미있겠다.

아내는 당연히 발끈했다.

"저 마음 쓰는 거 봐! 실천하는 철학자가 자신의 신념을 지키기 위해 죽음을 선택했어. 그러면 어떤 신념 때문인지, 그래서 무슨 가치가 있는지 고민해 봐야지. 당신이 가진 비틀리고 속 좁은 성격 그렇게 드러내지 않아도 아는 사람은 다 알아. 너무 티내지 말고 좀 크고 깊게 보는 게 어때? 교육적 환경에 관해 조금이라도 생각해 봤어?"

집안에서 그의 호칭은 '밴댕곰'이다. 곰스러운 외양을 가졌지만 마음 쓰는 일에는 딱 밴댕이 급이라고 아내와 딸이 합의한 작명이다. 추상의 능력이야말로 인간 정신의 진정한 초능력이라고 주장하던 그는 이렇게 좀 우스꽝스러운 형태 변형의 초능력자이기도 하다. 주로 낯부끄럽게 드러날지언정 이 능력은 한 사람의 정신세계를 눈으로 확인하는 일에 효용이 있다.

무엇이 두려운가?

"예술에 법칙은 없어. 재연 가능한 구체적인 논리도 없고. 있다면 그것은 예술적 표현을 가장한 이론이야. 숲 속에 난 길은 논리가 아니야. 산과 산 안에 든 사람이 나누는 대화지."

그는 추상에 관한 이야기를 끝내지 못했다. 예술에서 추상의 역할에 관해 해야 할 말이 남았기에 아직 일어나지 못한다. 이럴 때 나는 그의 생각이 궁금한 대신 그가 보이는 행동 양태 쪽으로 호기심이 움직인다.

그는 딜레마에 빠져 있다. 마눌님의 호출에 반응해 빨리 집에 가야 하는 상황인데다 나 같은 사람과 함께하는 흔하고 재미없는 술자리에는 조금도 미련이 없을 것이다. 하지만 말하고 싶은 주제를 마무리해야 하는 그의 강박은 그를 움직이지 못하게 붙잡고 있다. 그에게 실험을 건다. 빠르게 술을 권하는 것이다. 취기가 올랐을 때 그가 어떤 선택을 할지 결과를 관찰하는 일이 목적이지만 마치 그의 추상과 관련된 예술론이 궁금한 듯 질문한다.

"좋아. 예술에는 같은 길도, 논리도 없다 치고, 그러면 가치판단은 어떻게 하지? 옳고 그른 것을 가리는 일은 아니더라도 하다못해 예술품에 가격을 매기고 사고팔고 있잖아."

뻔한 질문을 던지고서 슬쩍 술잔을 디민다. 같이 마시자는 노골적인 신호에 그는 반사적으로 술을 입안에 털어 넣는다. 잔까지 마시지 않은 일이 다행이다.

"예술은 주체의 심상에 기초해서 사물이나 사건을 해석하는 행위야. 그래서 세상에 또 없는 유일한 심상이지. 이 심상 자체가 추상의 작용이기 때문이야. 그래서 심상이라는 독창적 해석의 결과는 추상에 따라 예술적 패턴을 보인다 이거지. 그것을 우리는 개성이라고 불러."

우리는 그를 흥이 오른 밴댕곰이라 부른다.

"그럼 내 속에 있는 추상이 각각의 원형이라고 할 수 있겠네. 그래서 다 태생적으로 다른데 가치판단은 어떻게 하지?"

나는 다시 술을 권하고 빈 잔에 재빨리 술을 따랐다.

"예술의 성격과 작용으로 보면 가치판단이야말로 가치 없는 짓이야."

"문학만 보아도 출판사나 평론가들이 작품을 선택하고 또 어떤 식으로든 분류하고 있잖아. 그들에게 암묵적인 가치 기준이 있다고 봐야 하지 않나?"

"그건 가치판단이 아니라 호불호야. 그 이상도 이하도 아니라고.

상업적인 관계와 개인적인 관계에 따라 요동치는 제멋대로 호불호 말이야.”

그의 목소리는 점점 커졌다. 술의 효과는 보고 있지만 이제 어디로 튈지 알 수 없다. 그렇다고 멈출 수도 없었다. 이제 아킬레스건을 건들 차례.

“네 말대로 누구도 판단할 수 없는 네 심상의 산물을 너도 큰 출판사에 맡긴 적이 있잖아? 입으로는 부정하면서 예술을 출판사의 호불호에 맡기는 일은 가치판단의 대상이 아닌가?”

내가 지나쳤다고 말하는 사람도 있겠지만 그렇더라도, 무슨 말을 하려다 목에 뭐가 걸린 사람처럼 꺼이꺼이, 캑캑거리며 가슴을 두드리다가 소주 한 잔과 물 한 잔을 급히 마시고 한결 편안한 표정으로 주위를 둘러보며 내 귀 가까이 다가와 목소리를 한껏 낮춘 후 잘 조절된 악센트와 라임을 맞춘 온갖 쌍욕(이쪽도 업계가 있다면 거기서도 충분히 인정받을 만한 초능력자 급이었다)을 해대고는 술값도 안 내고 자리에서 일어나 조용히 사라져 버린 그의 행동이 합당한 일이 되지 않는다.

취해 가던 그는 아마도 자신의 모순이 드러나는 순간 집에서 날아왔던 문자가 다시 떠올랐을 것이다. 그리고 진정 무서운 것이 무엇인지 명확하게 결론을 내렸고 이런 진실을 잠시 잊게 만든 내가 미웠을 것이라고 나는 추측한다.

20년 넘게 절벽에 매달려 있는

초능력자도 욕망이 있다. 적당한 술과 편안한 분위기만 있다면 그에게 비밀은 없다. 우리는 세계의 비밀을 캐내는 존재들이니까. 그의 욕망은 공포 속에서 자란다.

그는 지금 결혼 생활을 한 기간과 결혼 전까지의 시간이 엇비슷한 즈음에 살고 있다. 그가 기억하는 것은 이 정도이다. 그는 정확하게 기억하지 못한다. 그리고 이런 얘기를 한다.

"시간을 꼬박꼬박 따지는 일은 뭔가 지루한 일을 하고 있다는 반증이잖아? 분 단위로 남은 시간을 세던 군대 시절을 떠올려 봐! 내가 결혼 이후로 절대 시간을 세지 않았던 이유야."

"너 어렵사리 담배를 끊은 다음부터 지금 몇 달, 며칠, 몇 시간 됐는지 정확하게 기억하고 있잖아. 그건 뭐야?"

그는 내 말을 아예 무시하려 하다가 갑자기 생각난 듯 분분한 해석을 내놓는다.

"내가 솔직하게 말할게. 담배야말로 결혼이라는 제도를 떠받치는 초석이야. 고통을 잊게 하잖아. 또 이런 의견도 있어. 담배는 다름 아닌 시간의 속도를 조절하는 기제란 말이지. 그래서 담배를 끊은 이후로 내 앞의 시간이 명확해진 거야. 그런데 말이지."

그의 목소리는 한층 낮아졌다. 보통 비밀스럽게 다루는 주제가 나온다는 전주이다. 생활에서 담배라는 안개가 걷히자 자신 안에서 꿈틀대는 작은 욕구불만을 발견했다는 것이다.

텔레비전을 노려보는 상태를 유지하면서 소파 위에서 반대 방향으로 몸을 뒤집는 것이 당시 그가 했던 가장 격한 운동들 중 하나였지만 그는 가끔 클리프 행어(직역하자면 절벽에 매달린 사람, 오래전에 나온 영화의 제목이기도 하다)가 되는 느낌을 받고는 했다. 어쩌다 아내의 가슴에 손을 댈 때였다.

"뭐 어쩌랴! 이 또한 초능력자도 극복 못 할 운명인 것을. 운명이 이번 생에 내린 제한 조건인 것을. 이렇게 생각했지. 내가 원래 강요받는 상황을 못 견디잖아. 그런데 이런 상황은 순응하고 잘 살았어. 다른 도리가 없으니까. 그러나 담배가 사라지니까 작은 불만이 생기는 거야."

그러자 어느 날 불쑥 아내가 물었다고 했다. 진한 우정이 묻어나는 말투로 위장한 여자의 직관이었다고 그는 회상했다.

"인생이 답답하지? 난 작아서 홀가분한데. 가슴 큰 여자를 찾아가서 한번 정중하게 부탁해 보지 그래? 당신이 처한 슬픈 인생을 감동적으로 설명하고 단 한 번이라도 삶이 풍요로워지도록 한 번만 만지게 해 달라고."

남자는 이런 미끼를 절대 물어서는 안 된다. 초능력자는 잘 알고 있었다.

"참 나, 물에 빠뜨려 놓고 수영 가르치시네! 전자발찌 차고 와이파이 수신할 일 있나?"

그는 아내가 뱉은 동냥적 언사에 다친 기분을 감추지 않으면서 언젠가 들었던 영화의 대사를 이용해 용케 낚싯바늘을 피했다. 그러나 시간이 조금 지나자 아내의 얘기가 머릿속에서 군불 연기처럼 모락모락 자라기 시작했다.

'이성적으로 생각하면 그 일이 크게 위해를 가하는 일도 아니잖아? 투철한 이성으로 피아간에 합의가 이루어진다면 사람과 사람 사이에 가능한 단순한 접촉 그 이상은 아니잖아? 조상님께 제주를 올리는 경건함으로 한번 부탁해 볼까? 어차피 인간의 몸이라는 게 머지않아 먼지로 돌아간다는 궁극을 상기시키고, 먼지로서 우주에서 서로 형체를 가지고 있는 시간이야말로 찰나라는 깨달음을 되살린다면, 서로의 형태와 마음을 존중해 주는 차원에서 어떤 사심도 없다는 확신을 준다면, 혹시 거지에게 100원짜리 동전 주듯 아량과 측은지심으로….'

짧은 인생이기에 정말 짧게 마무리해야 할 것들이 있다. 이 같은 쓸데없는 생각이 그것이다. 그러나 그의 머릿속에 이유 없이 떠오르는 한 구절이 있었다.

'왼뺨을 맞거든 오른뺨을 내주어라.'

그러자 큰 가슴을 가진 가상의 여자가 나타나 한마디했다고 한다.

'오른손이 한 일을 왼손에 알리지 마라.'

시를 쓰는 그가?

시를 쓰는 그가, 인간에게 보편화된 능력인 추상을 사용할 줄 알기 때문에 초능력자라고 주장하면서 이런 삼단논법을 내뱉은 적이 있다.

추상은 초능력이다.
시인은 추상을 사용한다.
고로 시인은 초능력자다.

분노를 이기지 못한 소크라테스가 죽음을 유예하면서까지 누군가를 향해 독배를 집어던진 적이 있다는 비공식 기록을 볼 때 내 분노의 대상이 그가 될 수도 있겠다는 생각이 들었다. 섬뜩한 일이다. 나 또한 그의 말만 믿고 이 책을 계속 쓰다가는 소크라테스에게 저승의 아고라로 소환당할지도 모를 일이다. 또 살아 있는 동안 사기꾼까지는 아니지만 재미없는 개그맨과 같은 존재론적 죄악을 저지른 거짓 작가로 묻힐 수 있다.

다행스럽게도 그는 다리에 힘 빠지는 이 삼단 논증을 철회했지만 무명의 시인이 자신의 언사를 취소하니 잊어 달라고 기자회견을 한들 가을 들판에서 한들거리는 버들강아지의 몸짓만큼도 시선 끌 일이 못 된다. 그래서 내가 이 책을 세상에 내놓았을 때 그의 초능력을 간증하는 시대의 증거가 될지 아니면 어떤 꼴값에 관한 증언이 될지는 나도 신도 아닌 그가 보장해야 한다는 결론을 내렸다.

'자신에 관해 가장 잘 아는 사람은 자신이지만 자신을 절대 알 수 없는 사람도 자신이다.' 이 말은 내가 그에게 초능력에 관한 보장을 요구하자 그가 뱉은 말이다. 나는 이 책과 관련하여 내 시간과 평판에 대해 보험이라도 들고 싶은 심정이었지만 돌아보니 이제 돌아갈 수도 없는 지뢰밭 한가운데였다.

그래서 나와 같이 지뢰밭을 건너가야 할 독자들에게도 책임을 나누는 한마디 말을 해야 한다. 이 이야기들은 믿거나 믿지 않거나, 하는 사안이 아니다. 그의 말에 따르면 세계는 해석이다. 우리 세계는 객관적 현실이 있다는 주장에 합의할 수 없는 구조이고 그렇기 때문에 우리 앞에 놓인 세계를 우리는 해석할 수밖에 없다는 것이다. 모든 해석은 세계에 던져진 각자 존재들이 스스로 노를 젓는 방식이다. 세계는 물렁물렁한데다 나 또한 물렁물렁한 존재로 던져졌기에 이 둘을 연결하는 방식은 유동적인 해석밖에 없다는 것이 그의 지론이다.

이 초능력적 해석을 듣다 보면 덜 굳은 묵 같은 음식이야말로 세계를 제대로 은유하는 음식이다. 물론 나는 말하지 않았다. 취기를 주동력으로 하는 그의 초능력적 잔소리를 피해 가기 위해서였다. 나는 가끔 세계를 비겁하게 해석한다.

그러니까 이 이야기를 듣는 사람도 자기 식으로 해석할 도리밖에 없다. 사실 여부를 따지지 말 것이며 혹 믿어서 발생한 문제 안에 내 책임은 없다. 또 믿지 않더라도 거짓이라 생각하지 말 일이며 거짓이라고 해서 경찰에 신고하거나 부모님께 일러 출판사에 항의 전화를 할 이유도 없음을 밝힌다.

술을 마신다

그는 술을 마신다. 그는 초능력을 발휘해 술을 마신다. 양으로 따지면 그보다 훨씬 더 먹는 사람을 찾을 수는 있지만 그는 꾸준히, 그리고 많이 마신다. 그가 혼자 술을 마시는 장면을 보고 있으면 대부분의 술이 액체일망정 '마신다'라는 말보다 '먹는다'라는 단어가 더 어울린다.

그는 매일 술을 마신다. 그것도 대부분 혼자 마신다. 얼추 계산을 해 봐도 1년에 차수로 1,000차는 족히 될 성싶다. 그는 집에서 저녁을 먹으면서 소주 640㎖(유리병으로 두 병 정도 되는) 한 병을 30분 안에 해치운다. 머그잔에 매실 진액이든, 솔잎 진액이든, 뭐든 술이 가진 해악을 조금이라도 상쇄시켜 줄 것이라 희망을 주는 액상을 조금 넣고 소주를 콸콸 부은 후 밥과 그날의 안주가 입안에서 사라지기 전에 목마른 사람처럼 잔 안의 액체를 꿀떡꿀떡 마신다. 이런 동작이 5회 정도 반복되고 나면 빈 플라스틱 소주병은 부피를 줄이기 위해 최대한 구겨진 채 재활용통으로 던져지면서 1차가 끝난다. 그리고 2차로 하절기에는 지역 야구팀을 응원하면서, 동절기에는 「6시 내 고향」을 바라보면서 1리터짜리 팩 맥주를 입가심으로 마신다. 그리고 잘 잔다.

이렇게 혼자 먹고 마시는 차수만 따져도 1년에 700차가 훌쩍 넘는다. 여기에 1주일에 한두 번 동네 아저씨나 찾아온 손님들과 밖에서 술자리를 가진다. 이런 경우 보통 3차 정도 술자리가 이어지니 1,000차에 가까운 술자리가 그의 1년을 빠듯하게 채우고 있다. 이런 계산을 그에게 말했더니 자신의 업적이라는 듯 아주 흡족해하다가 이내 표정이 어두워졌다. 이유를 물었다. 한여름 그의 발목만큼 까만 그의 얼굴을 들어 허공과 눈을 맞췄다. 빡빡 밀어 버린 머리와 검붉은 얼굴, 찢어진 채 풀려 버린 눈이 어울려 음울한 폭력배를 떠올리게 했다.

"나는 세계의 울음소리가 들려. 그 고통이 느껴져. 그런데 나는 한낱 무력한 인간일 뿐이야. 술을 마실 밖에."

"힘없는 인간이 아니라 초능력자라며?"

"초능력자라고 해서 다 그 분야의 1등은 아니야. 초능력자들을 모아 올림픽을 연다면 당연히 금메달도 은메달도, 16강에서 고배를 마시는 초능력자도 있을 거잖아. 심지어 경기가 끝난 후 운동장을 정리하는 초능력자도 있겠지. 말하자면 난 술에 능력을 가진, 그리고 세계의 고통을 느끼는 그저 초능력자라고."

세계의 울음소리를 듣는 초능력자도 취하긴 한다. 그것도 많이 취했다. 고통에 절어 술을 마시는 사람은 밥에 삼겹살 두 덩어리를 얹고 양파, 마늘, 청양고추 등 일곱 가지 채소를 품은 상추쌈을 터지도록 입안에 밀어 넣고는 나머지 빈 공간을 활용해 벌컥벌컥 소주를 들이키지는 않는다. 입 밖으로 씹다 만 마늘 조각을 질질 흘리지도 않는다. 내 상식에는 그렇다. 음울한 개그맨이 떠올랐다.

한번은 술자리에서 그가 술을 마시지 않았던 날을 물었다. 15년 전 맹장이 터져 입원해 있던 1주일과 5년 전 술에 취한 빙판(그의 주장) 때문에 발목이 부러져 입원했던 4일을 꼽았다. 이후에도 깁스를 한 발을 이끌고 열심히 술을 마셨던 그의 말은 조금 의외였다.

"자랑할 일이 아니야. 중독이라는 거. 그러나 초능력을 향한 집념의 부작용이라고 생각해."

'혹시 너라는 존재가 세계의 부작용 아니고?'

물론 소리로 태어나지 못한 내 생각들 중 하나이다.

그러나 거기 안주는 없었다

어느 겨울날이었다. 적당히 데워 김이 오르는 물을 조근조근 바라보던 그가 입을 열었다.

"따뜻한 물이 컵이 아닌 대접에 담겨 있으면 안주야!"

대각(大覺)의 기쁨이 남긴 여운을 오래 간직하기 위해 그는 마트에서 발행한 영수증 뒷면에 한 글자 한 글자 꾹꾹 눌러 메모하기 시작했다. 이런 장면은 일견 초능력적 주책이지만 그가 즐기는 놀이들 중 하나이기도 하다. 이 깨달음 놀이는 아마도 젊었을 적 시를 쓰려고 노력하는 과정에서 생긴 정신적 부작용이라 추측한다. 주변을 세밀하게 관찰하고 거기서 자신만의 의미를 추출하는 능력은 시를 쓸

때 반드시 필요한 도구들 중 하나이다. 하지만 이 과정에 끼어드는 사기(私氣)를 이겨 내지 못하면 혼자만 아는 의미 과잉의 버릇이 생기거나 개똥철학자로 거듭나는 부작용을 견뎌야 한다.

'그러고 보니 그는 초능력적 부작용 덩어리이군.'

이 생각도 소리로 태어나지 못했다.

그는 술을 마시기 위해 안주도 준비한다. 그 와중에도 깨닫는다.

돼지 사태는 저렴하다. 3,800원짜리 덩어리는 거의 한 근에 가깝다. 싸고 푸짐한 고추장 불고기를 만들기 위해 그는 양념을 만들어 고기와 버무리고 있다. 땀에 관한 한 역시 국가 대표 급 초능력자인 그는 4월이 지나면서부터 집 안에서는 거의 벗고 산다. 거의 벗은 그가 고추장 양념을 넣고 돼지고기를 주무르기 시작한다. 양념이 잘 밴 맛있는 안주를 만들기 위해 그는 힘껏 그리고 세밀하게 고기 곳곳을 마사지한다. 그러다가 한순간 양푼을 쥐고 있던 왼손이 미끄러지면서 검붉은 내용물이 공중으로 날아오른다. 뜻하지 않은 공중회전으로 그의 푸짐한 맨살 곳곳에 고추장 양념이 튄다. 그는 반사적으로 몸에 묻은 양념을 닦아 낸다. 그러나 하필 고기를 주무르던 오른손이 그 역할을 하고 만다. 그는 넋을 놓고 잠시 멈춘다. 고개를 든다. 거울 안에는 양념 범벅인 또 하나의 고기 덩어리가 서 있었다.

그날 그는 돼지고기 안주를 먹지 않았다. 술은 마셨다. 그리고 내게 전한 깨달음.

'저것이 내가 아니듯 산은 산이 아니고 물은 물이 아니더라.'

그가 즐기는 깨달음 놀이를 내가 초능력이라 인정할지 말지를 떠나서 주변에 정신적 피해자를 만들고 있다는 것은 사실이다.

시 사랑가

술기운 없이 맞는 아침들이 너무 어둡다 해서 수만의 새벽 중 컵을 부둥키고 허겁지겁 소주를 따르며 맞는 새벽녘은 몇 아니듯, 분노에 떠밀려 꿈에서 뛰쳐나와 맞은 아침일지언정 울분으로 하루치의 식사를 대신할 수 없다는 각성은 오, 신나는 사랑이어라

흐르는 방법을 몰라 대책 없이 수평으로만 번지는 피, 저 노을로 모름지기 한 행성의 저녁이 완성된다고 믿는 이들에게만 내 자백은 살아 있으니, 딴짓하는 바위산의 밑동을 할퀴는 고함으로 지금 용서를 구한다 찢어지는 악다구니로 너에게 자비를 청하니, 사랑 말고는 무엇이든 나를 동정으로 안아 줄 것이지만, 그러나 어떤 응시는 전생에 닿아야만 소리로 피어나기에 내 목젖이 너덜거린다는 사실만으로 너에게 저주를 청하는 무지야말로 이미 오랜 가훈이었다 빛은 염치없이 갈증의 경계를 넘었고 아침이었다

흐를 수 있기에 모래도 액체라 불리는 아침이었다 구부러지기에 어떤 금속은, 나는 사랑이었다 더 빨리 고여 꿈쩍 않기에 용서도 광기의 모양을 한 아침, 사랑은 경계 없이 수평으로만 번졌다

튼튼한 촌것이 부르는 칙칙한 사랑 노래를

'사랑가'라는 제목을 달고도 이렇게 난삽하게 움직이는 시는 기억이라는 체에 중독, 갈증, 새벽, 노을, 경계 같은 단어들을 걸러 남겨 놓았다. 물론 시를 쓰는 누구도 '사랑가'라는 고색창연한 제목을 달고 전통적인 목소리로 사랑을 찬양하는 시를 쓰지는 않을 것이다.

시이기 때문이다. 그러나 시는, 그는 생각보다 더 심하게 구부러져 있다.

시 안을 맴돌며 두런거리는 메아리는 어떤 사랑은 이럴 수 있다는 말이 아니라 모든 사랑은 어떤 자리에서 이렇게 변한다는 말처럼 들린다. 그렇게 수평으로만 번지는 무엇은 사랑의 여러 표정들 가운데 하나라고 웅얼거리는 소리이다. 어두운 관념들이 어수선하게 움직인다. 액체라서 흐르는 것이 아니라 흐를 수밖에 없기에 액체라는, 사랑하기에 구부러진 것이 아니라 구부러졌기에 사랑이라는 전도된 질문을 하고 있다. 그가 이 시로 어떤 위악을 떨고 있는지 구체적으로 잡아채 보여 주는 일은 난망이지만 화자가 쏟아 내는 일종의 악다구니와 뒤척거리며 힘겹게 앞으로 나아가는 문장에서 대략적 분위기를 느낄 수 있다.

내가 그의 것 중 이 시를 고른 이유는 시 전반의 조도(照度)와 지향점의 좌표에 관해 논하기 위함이 아니다. 도입부에 드러난 그가 술에 임하는 자세를 분석하기 위해서이다. 그가 적지 않은 양의 술을 빠르고 정확하며, 빈틈없이, 그리고 끈기 있게 마신다는 사실은 맞지만 뜻밖에 술자리를 길게 가져가지 않는다. 집 밖에서 벌어지는 술자리일지언정 2차 또는 3차까지 신속하게 끝내고 집으로 돌아간다. 보통 10시 전후면 술집에서 비어 있는 그의 자리를 보는 경우가 많다. 물론 6-7년 전까지만 해도 새벽 2시가 적정한 귀가 시간이었다.

그는 스스로 술 중독이라고 선선히 인정하지만, 비위가 맞지 않는 사람에게 정중하게 막말을 하고, 은근슬쩍 약점을 건드린다거나, 친한 이에게 예의를 갖춰 쌍욕을 하거나, 처음 보는 논리로 자신의 고집을 굽히지 않거나, 그냥 집에 가 버리거나, 똑같은 상황일지언정 자신은 맞고 남은 틀리다는 이상한 기준을 가지고 있기는 해도 막무가내로 취해 술자리를 폭력적으로 마무리하는 일은 없었다. 이런 최후의 보루를 가지고 있기에 까다로운 사람들도 별 거리낌 없이 그를 술자리로 불러내고는 했다. 반대로 그도 그 자리에 누가 있는지 묻고는 가끔 안 나가는 정도의 까다로움은 가지고 있다.

이런 그가 이 시에서 보여 주는 술을 대하는 자세는 다분히 병적이다. 술기운 없이 맞는 아침이 너무 어둡다는 것은 술기운이 떨어져 새벽같이 잠 깬 사람일 확률이 높다. 그 어두움을 못 이겨, 몸에서 빠져나간 술의 빈자리를 채우려 다시 허겁지겁 소주를 따르는 누군가와 그런 새벽을 상정하는 일은 깊은 병증을 들이미는 일이다.

이 병증이 사랑에서 출발한 흔들림 때문이라면 아파하며 허우적거리는 과정으로 볼 수 있지만 이 시가 보여 주는 전도된 논리에 따르면 허우적거리기에 사랑이라고 은근히 강요하고 있다. 절망하기에 삶이라는 식이다.

이곳에서 술과 함께 맞는 어두운 새벽은 나올 수 없는 깊은 늪이다. 허망과 절망을 재료로 만들어 가는 자기 파괴적 시선을 볼 때면 철 지난 예술적 경향이라는 느낌과 함께 육체적으로나 정신적으로나 감당하기 어려울 만큼 건강한 사람이 자신에게 없는 병증을 막연하게 동경하면서 부리는 엄살이라는 생각도 지울 수 없다. 그저 이국적인 먼 땅을 그리워하는 튼튼한 촌것처럼. 꼭 그가 그렇다는 말은 아니다.

싫어할 자유, 술을 마시지 않을 자유를

다음은 한 시대를 풍미했던 스케일 큰 이야기꾼 더글러스 애덤스의 『은하수를 여행하는 히치하이커를 위한 안내서』 중 술에 관한 언급이다.

은하대백과사전은 술에 대해 다음과 같이 말하고 있다. 술은 설탕의 발효를 통해 형성된 휘발성의 무색 액체이며 탄소화합물로 이루어진 특정 생명체에 대해 도취 효과를 낸다.

은하수를 여행하는 히치하이커를 위한 안내서도 술에 대해 언급하고 있다. 이 책에는 현존하는 최고의 술은 팬 갤럭틱 가글 블래스터(Pan Galactic Gargle Blaster)라고 적혀 있다. 팬 갤럭틱 가글 블래스터를 마셨을 때의 효과는 레몬 한 조각으로 싼 커다란 황금 벽돌로 머리를 한 대 강타당하는 것과 같다고 한다. 안내서에는 또한 팬 갤럭틱 가글 블래스터를 가장 잘 만드는 행성과 그 한 잔에 지불해야 하는 가격, 그 술을 마시고 난 뒤의 재활 과정을 도와주는 자원 봉사 조직들에 대해서도 적혀 있다.

안내서에는 심지어 이 술을 직접 만드는 법도 나와 있다.

지구력 없는 독서력을 가진 그가 직접 책을 들고 와 읽어 준 부분이다. 감동을 받았다기보다는 술이 주는 도취 효과를 사랑하는 탄소화합물로 이루어진 생명체의 일원으로 이 긴 이름을 가진 가상의 술을 마시고 황금 벽돌로 머리를 한 대 강타당하는 충격과 지금까지 겪었던 자극을 비교해 보고 싶었음이 분명하다.

사실 그는 술을 많이 마실망정 술의 종류나 술의 맛에 관해서는 백지 상태의 무지를 자랑한다. 물론 도수에 따라 변하는 알코올의 자극

정도는 느끼지만 술이 가지는 미세한 변화는 전혀 모르는 데다 관심도 없다. 당연히 그가 모르는 것을 즐기는 사람들은 그의 적이다.

"소량의 술로 맛과 향을 즐기는 사람들은 술을 적정량까지 마시지 못하는 신체 구조를 가지고 있기 때문에 술이 제공하는 정신적 유연성을 경험해 보지 못한 사람들이야. 그래서 어쩔 수 없이 술이 가지고 있는 부차적이고 별 가치 없는 특성들에 매달리고 집착하는 소인배 일당이라고 나는 생각해."

이제는 놀랍지도 않은 그의 논리이다. 하여간, 내 짧은 영어 실력으로 팬 갤럭틱 가글 블래스터(Pan Galactic Gargle Blaster)를 번역하자면 '범은하계적으로 가장 폭발적인 술'쯤 될 터이다. 그러나 그는 자신이 가진 콩글리시적인 상상력으로 술 이름을 번역했다. '마늘 향을 포함하고 있으며 입에 물고 있다가는 폭발적으로 뱉어 낼 수밖에 없는 술'이라는 것이다. 그리고는 그가 술과 나누었던 첫 연애담을 떠벌리기 시작했다.

"팬 갤럭틱 가글 블래스터는 예상컨대 탄소를 기반으로 하는 생명체가 가진 모든 감각에 작용해 폭발적인 자극을 완성하는 술일 거야. 이와는 다르게 우리나라의 소주는 아주 완만하면서 매력적인 도취 효과를 가져오는 술이었어. 내게는 말이야."

대부분의 사람이 첫 번째 술을 만나는 경험을 가지고 있지만 그중 일부만이 주당의 세계에 입문한다. 일 년에 한 번 있는 바둑 입단 테스트를 통과하는 사람이 소수인 것처럼. 당연하게도 술과 친하게 지낼 수 있는 물적 토대, 그러니까 술에 저항성이 적은 신체 조건이 필요하다는 말이다. 그의 집안사람들 대부분이 좀 너무 마신다는 축에 드는 걸로 봐서 술과 관련된 초능력 DNA는 의심할 여지가 없다. 그는 고등학교 2학년에 본격적으로 술의 세계에 발을 내딛는다. 물론 첫발을 뗄 수 있었던 발판은 선배의 권유였지만 그다음부터는 일사천리였다.

선배에게 이끌려 들어선 중국집에서 짜장면을 안주 삼아 맛본 소주의 효과를 그는 잊을 수 없었다고 했다. 당시의 소주는 25도 내외로 지금보다 훨씬 높은 도수였고 맥주병과 같은 갈색 병이었으며 가격은 100원 내외였다. 그는 학교까지 버스로 예닐곱 정거장 거리를 걸어 다니면서 차비를 아꼈고 그 돈으로 소주를 사서 혼자 마시기 시작했다. 주류업계에서 보자면 참으로 감동적이고 입지전적인 주당 입문기이다.

"저녁을 먹고 난 후 대학생이었던 형이 집에 들어오기 전까지가 내 귀중한 음주 시간이었어. 방을 같이 쓰니까. 술 냄새? 어차피 형도 술을 마시고 들어오니까 못 맡지. 소주 한 병을 호로록 들이키고 누워 있으면, 그때 소주는 아주 썼어. 천정 벽지에 그려진 작은 꽃의 잎들이 점점 벌어지는 거야. 색깔도 진해지고. 다음 순간 왼쪽 벽이 점점 안으로 휘어. 무너지는 게 아니라 벽의 위쪽이 휘어지면서 스스로 몸을 마는 거지. 이제 노려보고 있으면 오른쪽 벽도 천천히 움직여. 그때 알았지 내가 범상치 않은 능력을 가지고 있다는 사실을."

그렇게 은밀하면서 아련한 한 달을 보내고 그는 형에게 흠씬 두들겨 맞았다. 그가 가진 게으름은 책장 아래 차곡차곡 쌓여 있는 빈 소주병들이 공간의 용량을 넘어서고 있다는 사실을 애써 무시하고 있었다. 아주 자연스러운 발각이었다. 나는 이 이야기를 듣고 상투적인 속담이 떠올랐다.

'될성부른 나무는 떡잎부터 알아본다.'

이 분야에서 될성부른 초능력자였던 그에게 딱 하나 없는 자유가 있었다. 술을 마시지 않을 자유.

말하다. 까뮈의 말투를 빌어

"이제 진정한 철학적 문제는 단 하나뿐이며 술잔을 드느냐 마느냐,이다."

취기는 객기를 포함한다. 내가 뱉어 놓고도 나는 이 말이 멋있다고 생각했다. 취기는 치기도 포함하니까.

"왜 이래? 아마추어같이. 진정한 철학적 문제는 무엇을 위해 마시느냐,야."

그날따라 탁자 네 개를 빠듯이 품은 술집은 텅 비어 있었다. 시골의 작은 아파트 단지 상가 2층에 있는 밥집이었다. 밥 먹는 사람이 대다수였지만 주인아주머니의 손맛이 좋아 찌개나 반찬 몇을 찍어 안주로 내라고 떼를 쓰고 우리는 몇 시간씩 술을 마시곤 했다.

"술을 안 마실 수는 없잖아? 그것이 독배일지라도 마셔야 하는 것이 우리의 운명이니까. 그렇다면 무엇을 위해 마시느냐가 중요한 거지."

그는 역시 호기로웠고 그날따라 취하는 속도는 내가 빨랐다.

"어차피 마셔 왔고 마시고 있고 또 장차 마실 건데, 이런 일상적인 마시는 일에다 무엇을 위한다는 둥 촌스럽잖아? 그냥 똑같은 방에 명찰 가져다 붙여 뭐하게."

손님이 꽤 있는 밥집이 한가로운 건 밥때가 지났기 때문일 것이지만 창문을 열고 파리를 잡고 있는 주인을 보다가 문득 한 깨달음이 뒤통수를 때렸다. 에어컨이 없다.

"물론 그렇지. 그런데 봐 봐. 비어 있는 방이 있어. 그리고 거기에 '회장실'이라는 명찰을 붙였어. 아무도 안 들어오겠지? 다음 '화장실'이라고 붙여 봐. 아무나 막 들어오겠지? 그리고 당황하고 욕하면서 뛰어나가겠지? 목적한 바를 해결할 수 없으니까. 아니면 거기에 몰래 해결하고 나가는 사람도 있을 거야. 간판이 그렇게 되어 있으니까 내 책임이 아니라고."

이미 7월이었다. 해가 지고도 한참이 지났는데 뚝뚝 육수를 흘리고 있는 그를 앞에 두고도 그 사실을 몰랐다. 에어컨이 없었다. 그가 무엇을 위해 술을 마시는지 점점 궁금하지 않아졌다. 술을 마실 의욕도 없어졌다.

"아무 용도가 없는 방을 만드는 거지. 회장님께서 비자금을 만들기 위해 잔머리를 굴리는 큰 회장실도 아니고 급한 욕망을 해결하기 위해 뛰어들었다가 코를 쥐고 도망치는 화장실도 아니고 아무 용도가 없는 무념무상의 텅 빈 방 같은 정신을 만들려고 마시는 거지. 정신적 유연성이 극대화된 살짝 도취된 상태. 술이 그 일을 해."

꼭 그 자리에 있던 사람이 아니더라도 반사적으로 장자(莊子)의 유명한 구절을 떠올렸으리라. 요즘 그의 낮잠은 장자라는 베개 위에서 이루어지고 있다고 나는 확신했다. 자신이 하는 일은 모두 인류사적 필연이고 깊은 철학적 그림자를 가지고 있다는 주객과 본말이 모두 전도된 망상이라고 결론을 내린 것도 에어컨이 없어서였을 것이다. 그냥 귀엽게 봐줄 수도 있었는데.

"그래서 오늘 술병 수는 정신에 빈방을 만드는 데 충분했는지 모르겠네. 나는 먼저 일어나야겠네."

비밀을 말하고는

까칠하게 구는 나를 내치고는 아직 채우지 못한 하루 분량의 술을 후다닥 채우고 난 후 멋지게 혼자 집으로 돌아갈 것이라 생각했던 그가 어쩐 일인지 나를 붙잡았다.

"앉아 봐! 나는 오늘 기분 괜찮은데. 조금만 더 있어 봐. 내가 술의 격은 몰라도 술자리의 격은 알지. 술자리 최고의 격은 즐거운 거야. 오늘은 그게 되잖아! 그래서 내가 즐겁게 비밀 하나 공개하지."

"사마귀가 사타구니를 물었나 보네. 사장님! 대신 잘 좀 들어주세요. 저는 먼저 갑니다."

비밀이라는 말이 유혹적이기는 했지만 그렇다고 바로 자리에 다시 앉기에는 괜시리 자존심에 물기가 빠졌다. 소리 나게 의자를 밀치면서 일어서는데 그가 손목을 붙잡았다. 흔한 일이 아니다.

"오늘은 내가 계산할게 한잔 더 해."

이 또한 극히 드문 일이다. 어쩌랴, 못 이기는 척 앉아야지. 그러고도 적지 않은 시간 뜸을 들인 그는 비밀에 관한 얘기를 꺼내기 시작했다.

"비밀이라고 해서 나만 알고 있는 사실은 아니야. 평행 우주라고 알지?"

이건 또 무슨 자다 일어나 삼겹살 굽는 소리인가.

"우리가 사는 세계는 말이야. 페이스트리 빵 안에 있는 겹들처럼 여러 겹이야. 아니 수많은 세계가 겹겹으로 존재하지. 그리고 우리는 하나의 겹 속에 살고 있는 거야."

"내가 종이처럼 얇다고? 자네 인품이 얇은 게 아니고?"

"은유야. 우리가 살고 있는 4차원 시공간을 생각하기 쉽게 2차원 평면이라고 가정하는 은유야. 하여간 우리는 이런 세계 사이를 옮겨 다닐 수 있어. 초능력이지."

비밀 어쩌고 하니까 관심을 가지고 우리 얘기를 듣던 주인아주머니는 뭔 시답잖은 소리냐는 듯 파리채를 휘두르며 주방으로 들어갔다.

"다른 세계에 가는 능력, 이 초능력은 나만 가진 건 아니야. 그 중요한 동력은 바로 예술이야. 예술은 그 자체로 다른 우주를 다녀올 수 있는 티켓이야. 좋은 시를 읽었을 때, 어떤 그림에 푹 빠질 때, 어떤 음악이 우리의 영혼을 쥐고 흔들 때. 우리는 단순히 감동하는 게 아니야. 그 예술과 진동수가 맞아 공명하는 거야. 폭염이 쏟아지는 늦여름의 공간에서 첫 번째 가을바람을 알아보는 일과 비슷해. 그 멍한 순간 바로 다른 우주, 다른 세계에 가 있는 거야."

맛있는 벌레를 잡아먹은 개구리가 눈을 끔벅이며 입안 이리저리로 혀를 굴려 뒷맛을 즐기고 있었다. 그의 표정이 그랬다.

"기억에 휩쓸려 떠내려가다가 어느 순간 첫사랑의 대문 앞에 있는 자신을 발견한 적 있지? 죽은 고모의 손을 잡고 익숙한 골목을 걷고 있는 자신을 발견한 경험은? 어느 행성인지 모를 곳에서 핏물처럼 고이는 노을을 혼자 온전히 감당했던 적 있지? 아니면 말고."

뭐라고 따지기 힘들었다. 현대 우주론을 빌려와 만든 개똥철학 같지만 일일이 따지기에는 너무 무거웠다. 아니 부정하기 싫었을지도 모른다.

"예술에 푹 빠져 다른 세계에 와 있는 것 같은 느낌을 받을 때 우리는 정말 다른 세계에 가 있는 거야. 생각해 봐. 고층 건물에서 엘

리베이터 문이 열릴 때마다 다른 층에 내릴 수 있잖아. 예술은 엘리베이터 같은 거야. 다른 세계에 내릴 수 있는, 이곳이 아닌 온전한 하나의 세계 말이야."

나는 미간에 주름을 잡으며 집중하려 노력했다. 취중에 듣기에 뭔가 있는 얘기 같았다.

"내가 보기에는 음악이 가장 강력해. 소리는 공격적이잖아. 시각 예술은 눈을 뜨면 보이기는 해도 집중이 필요하고, 활자는 더욱이 능동적으로 해석하려는 노력이 필요해. 음악은 내 의사와 상관없이 바로 압도해 들어오거든. 눈을 감고 베토벤을 들어 봐. 그리고 다른 세계에 가 봐."

더 생각해 보니 하나의 현상을 그의 방식대로 해석하는 일과 다르지 않았다.

"좋아. 그렇다 치고, 그럼 네가 가 보았던 세계들이 단지 감동으로 느끼는 환상이 아니라 진짜 세계인지 어떻게 증명하지?"

"진짜? 진짜 세계가 뭐지? 네 앞에 앉아 있는 나는 진짜인가? 모두 뇌 안에서 일어나는 일이야. 자극이라는 신호를 받고 해석해서 뇌의 신경세포들이 활성화되는 패턴들일 뿐이야. 이 소주병은 진짜라고 확신해? 활성 상태의 뉴런들이 그리는 패턴이 같으면 같은 거야. 네가 소주병을 만질 때 발생하는 패턴과 똑같은 패턴만 만든다면 소주병 없이도 너는 똑같은 것을 보고 느끼게 되지. 그러면 같은 거야. 지금 우리 바깥에 아무것도 없을 수도 있어. 현실이 뭐야? 진짜와 가짜를 구별하는 기준이 뭐지? 모두 뇌 속에 그려지는 그림, 그러니까 패턴들 이상도 이하도 아냐. 우리는 진짜라는 환상 속에서 살고 있는 거야. 그렇다면 실재하는 세계라고 말하기 전에 그냥 세계라고 불러야지. 비밀로 치면 어마어마한 비밀이잖아?"

술로 시작한 얘기가 뭔가 숙연하게 끝나 가고 있었다. 이상하리만치 할 말이 떠오르지 않았다. 그가 덧붙였다.

"아 참, 주제가 무엇을 위해 술을 마시는가,였지? 술이 선물하는 적당한 도취는 다른 세계를 향해 떠나는 여행을 더 빨리, 더 깊게, 거기에 더 짙은 향취를 더하지. 세계들을 위해 마시는 거야."

그 특유의 허황기라는 안개가 시야를 가로막아서인지, 더 짙어진 내 취기 때문인지 알 수 없지만 오늘은 그가 정말 초능력자로 보였다.

혼자 비밀스럽게 움직이다

나에게 제보가 들어왔다. 지역 외식업 협회 간사의 남편인 채 사장이었다.

"소설가인가 뭔가 글 쓰는 그 양반 말이여. 아침에 운동하데. 생긴 건 생전 꿈쩍 않을 사람 같든디. 무릎을 아대로 꽁꽁 동여매고는 혼자 땀 뻘뻘 흘리믄서 인적 없는 길로다가 열심히 뛰더만."

글 쓰는 사람이라고 하면 많은 사람들이 그냥 소설가라 생각하고 그렇게 부른다. 그도 여러 번 자신은 시를 쓰는 사람이라고 강조했지만 그 자리에서 끄덕끄덕 수긍했던 사람과 다시 만난 자리에서 그는 어김없이 소설가가 되어 있었다. 운동선수라고 하면 모두 축구 선수라고 생각하는 격이다. 고로 소설가는 축구 선수이다.

"그 친구가 운동을 한다고요? 혼자서?"

술은 그가 마시고 얘기도 그가 하다가 어느 순간 그가 사라지고 나면 나머지 사람들이 보인다. 그가 참석한 술자리를 옆 테이블에서 보면 어떨지 추측해 본 것이다. 그런 그가 몰래 체력을 관리하고 있다는 사실은 내게 적잖은 배신감을 불러일으켰다. 가증스러웠다. 물론 나이가 들면서 자연스레 건강을 관리하는 사람에게 욕할 생각도 그럴 만한 자신감도 내게는 없다. 더욱이 우리처럼 술과 가까이에서 지내는 사람에게는 더욱 필요한 일이다.

"남들처럼 어디 헬스클럽이라도 다녀야 할까 봐. 기운도 떨어지고 뭐든 회복이 잘 안 되네."

자조적인 기분으로 이렇게 운을 뗀 사람은 나였다.

"왜, 요즘 유행처럼 몸짱이라도 되고 싶은가?"

그가 보인 뜬금없는 반응이었다. 서로 맞장구치며 함께 건강해 보자, 그리고 건배하고 언제 같이 등록하자, 그리고 까먹은 다음 똑같은 얘기를 다시 돌리는 것이 오십 언저리 아저씨들의 일상적인 패턴인데, 그는 날이 서 있었다.

"건강한 몸에 깃든 저열한 정신은 그야말로 사회에 흉기와 같은 존재들이야. 무엇보다 세상과 자신을 바라보는 올바른 시각을 가지는 일이 중요하잖아? 그것이 이루어지고, 최소한 노력하는 정신이 먼저 만들어지고 난 다음 건강한 몸으로 완성되는 거지. 모름지기 인간이라고 부를 수 있는 것은 말이야. 몸을 가꾸는 만큼, 아니 가꾸기 이전에 정신을 먼저 가꾸어야지. 순서가 바뀐 거야. 정신이 빠진 과도한 건강은 자신을 욕망의 노예로 만들기 십상이야."

인생에 있어 운동이라는 소심한 자구책을 입에 올렸다가 돌아온 펀치치고는 굉장히 센 것이었다. 순진하고 소박한 아저씨 한 명을 그는 순식간에 외모지상주의에 물든 철없고 천박한 중년으로 변신시켰다. 그리고 그는 요즘 몰래 운동한다. 혼자서.

정보에 의하면 그는 월, 수, 금, 이렇게 일주일에 세 번, 아침마다 달리기를 한다. 그의 집 앞에 차를 대 놓고 며칠에 걸쳐 면밀히 관찰해 본 결과 거리도 5㎞에 달하는, 나이와 체중에 비해 꽤 긴 것이었으며 코스도 인적 드문 곳으로 두 개나 개척해 놓고 있었다.

하나는 그가 사는 집에서 기차역을 향해 1㎞ 정도 이어지다가 철길을 건너면서 두계천변에 만들어진 자전거 도로로 이어진다. 이 한적한 도로는 자전거보다 농기계들이 더 많이 이용하는 좁은 도로로 아는 사람을 만날 확률이 낮으면서 시야가 탁 트이고 직선으로 뻗어 있어 운동하기에 좋은 길이다. 그렇게 3㎞ 정도 이어진 길을 따라가다 우리 동네의 동쪽 어귀를 만나면 큰 도로 아래 지하 통로로 마을로 들어선다. 그리고 면사무소에서 운영하는 작은 헬스클럽에서 샤워하고 옷을 갈아입고는 감쪽같이 일상으로 복귀한다.

두 번째 코스는 첫 번째와 반대 방향인 마을 서쪽을 크게 감아 돈다. 그의 집을 나서면 아파트를 감싸고 있는 야트막한 산을 만나고 10분 정도 산의 능선을 따라 걷다 보면 소라실 마을에 내려선다. 그곳에서 시작해 작은 마을들을 끼고 이어지는 아기자기한 길을 따라 4㎞ 정도를 달리면 우리 마을의 서쪽으로 들어서면서 바로 면사무소에 닿는다. 이기적인 인간이 보통의 초능력자로 돌아오는 곳이다.

두 개의 길 모두 작은 도시와 도시를 품고 있는 자연의 장점을 잘 살리면서 전혀 지루하지 않은 이야기와 장면들을 담고 있었다. 내가 보기에 꽤 오랫동안 동네를 돌아다니며 개발한 개인 코스였다. 자신의 건강과 주력(酒歷)을 위해 이 길을 답사하던 날들 중 저열한 정신 운운하며 나를 몰아붙였던 저녁도 포함되어 있을 것이다. 이런 저열한 정신을 가진 사람의 시는 분명 저열해야 한다. 저열한 시가 있을까? 그것은 이미 시가 아니다. 그러면 시로 살아 있으면서 스스로 낮고 하찮은 것이 있을까?

시 질문

식이 섬유가 변비에 좋으면 탄 음식은 암에 좋은가요[*]
콩나물이 숙취에 좋으면 그렇게 숙취가 좋아지면
콧속에서 소용돌이치는 술 냄새의 풍속은 빨라지나요 느려지나요
검은콩은 발모에 좋은가요 탈모에 좋은가요 그래서
위로는 받는 이를 위한 것인가요 하는 이의 독백인가요

더위는 무좀에 좋은가요 자유는 영혼에 좋은가요
낮은 울음소리는 나를 위한 속삭임인가요 스스로를 위한 주문인가요
밤과 낮 사이에 새기는 각인인가요
변덕은 여자에게 좋은가요 저주는 불안에 좋은가요

연기는 싸움의 원인인가요 결과인가요
창은 어둠을 담기 위해서인가요 빛에 비켜서기 위해서인가요
굳이 창을 만들고 커튼을 치는 이유는 비릿한 봄 멀미는
나락에서 내려다보기 때문인가요 나락을 앞에 두고 올려다보기 때문인가요

●김양수의 카툰 『생활의 참견』 중 "탄 음식은 암에 좋다"라는 문장을 빌려 왔다.

철 지난 섹스는 그래서 추억에 좋은가요

경험과 부러움 사이에서

시의 몸통은 전도된 질문과 말장난으로 이루어져 있다. 이것만으로는 시가 될 수 있는가? 시가 아닌가? 시의 말투를 빌려 나도 묻는다. 시가 되기 위해 얻어야 할 질량이 있는가? 그것이 정서이든 사상이든 소재이든 시가 되려면 넘어야 하는 자격 기준이 있는가? 이 시를 보고 나는 그에게 물었다. 그는 답했다.

여기에 깊은 논의는 필요 없다. 이런 질문 자체가 시를 부정하는 일이기 때문이다. 시는 스스로 그저 시여야 한다. 시로 만들어지거나 가공되는 것이 아니라 온전한 생명으로 거기 있는 것이다. 다만 각각의 격이 다를 뿐이다. 그래서 자유가 없는 것은 시가 아니다. 생명이기 때문이다. 그의 시론이다.

그래서 나는 그냥 시를 따라간다. 억지로 펴 놓은 꽈배기가 맛없어 보이듯 말이 가진 뒤틀림을 다시 펴 놓을 때 우리는 어색해진다. 살짝 어리둥절하고 있는 순간 그 어색한 문법 위에 우리 삶이 어색해지는 순간들을 얹어 놓는다. '숙취에 좋다는 말은 숙취라는 존재가 좋아진다는 말인가 나빠진다는 말인가?' 이런 식의 질문이다. 말이 뭉뚱그려 놓은 관계들의 정체를 모두 원인과 결과로 추적할 때 생기는 괴리들이다. 그러니까 그저 느슨하게 연결된 관계들을 이것 때문에 저것이 생겼다고 보려 하는 순간 그 어긋남이 만드는 작용이다.

이런 질문들을 따라가면서 몇 개의 단어들을 순차적으로 만난다. 위로, 자유, 울음, 변덕, 싸움, 나락, 섹스, 추억. 그런데 이 생뚱맞은 단어들을 나열하는 일 자체로 뭔가 맥락이 생기는 듯하다. 어떤 사건이 가진 궤적과 비슷하다. 이것이 의도된 것인지 아니면 인간이 가진 이야기 본능이 떨어진 것들을 이어 붙여 만든 상상인지 가늠하기 어렵지만 이 맥락의 결말은 그답게 몸적이다.

철 지난 섹스는 무엇인가? 전어가 가을 한철을 휘젓듯 섹스에도 제철이 있다는 말인가? 철이 지난 사람은 하면 안 된다는 것인가? 아니면 노력 대비 즐거움의 효용이 대폭 떨어진다는 말인가? 주체는 한 사람일지언정 갖가지 관계에 따라 적정한 제철이 따로 있다는 말인가? 헷갈린다. 그러나 몰라도 될 문제이다. 시는 이런 질문을 하는 듯하다. 옛 연인과 재연하는 몸적인 관계가 중요한지 아니면 흠집 나지 않고 온전히 남은 추억이 더 가치가 있는지. 누군가 그를 만나면 한번 물어보라 권하고 싶다. 그의 경험인지 아니면 그의 부러움인지.

인격의 향방을 찾고

"남들은 좀 했으면 해!"

인격에 관해 이야기를 나누다가 그가 던진 말이다. 인격을 닦고 넓히고 고양시키는 수양의 과정 말이다. 자신은 관심이 없고 절대 하지 않는 일이지만 다른 사람들은 열심히 했으면 한다는 말이다.

"가만히 보니까 내 인격이 넓고 깊어지면 덕 보는 사람은 남들이 더라고."

좋은 향기를 가진 향수가 나를 위한 것이 아니듯 인격도 주변 사람들을 위한 것이라는 말이다. 그리고 향수는 내 돈 주고 사야 하듯 인격도 내가 노력한 결과라는 말이다. 그의 일상에서 찾아볼 수 있는 초능력적 개인주의가 이런 깨달음에 근거하고 있다는 사실을 아는 일은 중요하다. 실컷 욕해 놓고 혼자 숨어 운동하는 경우처럼 그가 보이는 모순의 구조를 따라가는 배경이 되며 그의 다음 행동을 어느 정도 예측할 수도 있기 때문이다.

그런데 이 이야기는 조금 짠하다. 스스로를 위하기보다 적잖이 남 좋은 일을 하며 살아왔다는 쓸쓸한 회한의 결과일 확률이 높기 때문이다. 이 땅에 뿌리박고 흔들리며 버티고 있는 중장년이 된 것이다.

철드는 일은 남들의 아픔을 알아보는 일이다. 어른이 되는 일은 삶이 녹록하지 않다는 처절한 경고와 함께 어디론가 떠밀려 선을 넘는 일이다. 이제 중년은 인격을 버릴 줄 아는 순간 덜컥 걸리는 병과 같다. 유명인의 아포리즘이 아니다. 그의 말이다. 그래서 조금 짠하다.

깊은 인격은 남 좋은 일이라 느껴 버린 사람에게 이타적 삶이 가지는 가치나 사회 구성의 원리, 진화심리학적 과정과 인류학적 관점을 더해 인간에게 왜 격이 필요한지, 공동선의 진화 과정, 이타적 본성 등 뭐 이런 증거를 들이밀며 논쟁 붙으려 하지 말아야 한다. 직관적 깨달음과 논리적 결과물이 붙었을 때 항상 주먹이 승리했다. 그는 논쟁을 싫어한다. 왜냐하면 인격이 협소하며 얕기 때문이다. 그래서 그는 주장만 한다.

공허의 자유와 함께

그가 기다리는 시간이 있다. 그의 말 그대로 옮기자면 '잉여의 시간'이다. 바로 양육의 의무를 마친 이후의 시간을 말한다. 그는 딸 하나만을 키운다. 스스로 찢어진 콘돔의 결과물이라는 사실을 너무 잘 알고 있으나 오히려 이를 자랑스럽게 생각하는, 아빠와는 어딘지 모르게 닮지 않은 그의 딸은 내가 아는 한 대놓고 부모를 힘들게 하는 스타일은 아니다. 철없는 중년 남자를 아빠로 둔 딸들의 고충은 짐작하고도 남지만 이런 흔치 않은 환경이 성장하는 아이의 인격 형성에 어떤 영향을 끼치는지 정통한 연구 결과는 아직 찾아보지 못했다.

다만 지금까지는 힘들게 하지는 않았다는 살짝 공포 어린 그의 말을 나는 기억하고 있다. 그러나 '나만 한 딸 있으면 나와 보라 그래!' 이런 얘기를 수시로 한다는 전언을 들으면서 자기중심적 자의식이야말로 환경이 아닌 유전적 인자라는 사실을 나 혼자 재삼 확신했다. 현재 '쓰레빠 애호가'로 무럭무럭 성장하고 있는 그의 딸에게는 미안한 이야기이지만 성장 후 딸에게 그와 비슷한 인격이 발병할 확률이 0보다 크다는 결론을 내릴 수밖에 없었다. 물론 아무에게도 말하지 않았다.

하여간 그가 가진 양육의 짐이 다른 사람 것보다 무겁다고 여길 징후는 하나도 없다. 그럼에도 그가 보이는 다채로운 엄살은 '잉여의 시간'이라는 무거운 탈을 쓰고 등장한다.

"인간에게 주어진 개체의 임무를 마친 이후의 시간이지. 그건 말이야."

짝을 만나 자손을 낳고 키워서 다시 자손을 낳을 수 있는 개체로 독립시키는 일이 생물학적으로 본 인간 개체의 임무라는 것이다. 이렇게 보면 우리가 독립이라고 부르는 말은 내 아이로 전달된 자신의 DNA를 그 아이가 새롭게 전달할 수 있는 상태를 만드는 일이다. 역사적으로 보면 이런 과정을 거치는 대개의 개체는 임무가 끝나 가는 즈음이나 그 이전에 죽음을 맞이했다. 여러 자식을 낳고 키우다 보면 부모는 죽고 다시 자식이 부모가 되고 또 죽는 것이다. 다른 생물종도 마찬가지이지만 인류의 역사라는 것이 이런 고된 과정의 반복이었다. 물론 그의 주장이다.

"그런데 인류는 최근에 새로운 시간을 선물받기 시작했지. 과학의 힘으로 급격하게 수명이 길어진 거야. 인류 역사상 처음 맞는 일이지. 자손을 독립시키고도 충분한 시간이 남기 시작한 거야. 이것은 인류가 농경 사회를 발명하고 이로 인해 잉여 자본이라는 것을 만들어 낸 이후 가장 큰 변화라고 할 수 있지. 알겠어?"

남는 재화를 바탕으로 문화와 예술이 태동했지만 또 착취가 가능한 권력 구조를 탄생시킨 배경이기도 하다. 이렇게 잉여가 양날의 칼로 작용하기는 하지만 지금 인류 개개인의 손에 주어지기 시작한 잉여의 시간은 인간의 역사상 처음 만나는 기회라고 그는 흥분했다.

"오십 줄에 자식을 독립시키고 구십까지 산다고 쳐 봐. 40년이라는 시간이 내게 주어지잖아."

주량으로 보건대 그가 구십까지 살 확률은 매우 낮다. 말하지는 않았다.

"그 시간을 승화시킬 또 다른 장점을 우리는 가지고 있지. 욕망의 물기가 빠진다는 거야. 나이가 들면서 몸의 욕망도 마음의 욕망도 썰물처럼 빠지는 거야. 세상을 대하는 자세도 너그러워지면서 인간이 자신의 생에서 누릴 수 있는 최대의 자유를 얻는 순간이지. 정말 하고 싶고 가치 있는 일을 할 수 있는 시간이 주어지는 거지."

일리는 있는 말이지만 하나의 가능성을 제외한 나머지는 순진한 낙관으로 가득 차 있는 희망 사항이었다. 생물학적인 임무가 끝나는 순간 그 공허를 감당하지 못해 허우적거리다가 물 빠진 욕망의 자리에 물욕이나 권력욕 같은 또 다른 욕망을 채우면서 인생을 피곤하고 추하게 사는 사람이 얼마나 많은지. 또 잉여를 허락하지 않는 사회는 혹독하게도 아이의 아이까지 키워야 하는 새로운 임무를 부여하고 있으니. 내가 너무 비관적인가?

"인간은 이제 자유를 누려야지. 진정한 자유를."

그는 충분히 자유롭다. 상대적으로, 절대적으로. 그러나 말하지 않았다. 잘 성장하고 있는 딸 하나가 독립하는 순간 자신에게도 새로운 세상이 열릴 것이라는, 자신 인격의 폭과 같은 환상을 깨고 싶지 않았기 때문이다.

운동과 시의 효율성의 관계에서

그가 시만 쓴다고 말한 사람은 나다. 시인이 다른 글을 쓰면 안 된다는 법 조항은 어디에도 없으며 시인으로 시만 쓰며 산다는 사실을 확인하기 위해 그의 컴퓨터를 검사해 본 적도 없다. 그 또한 스스로 시 외에 다른 글을 쓰지 않겠다고 선언한 적 없으니, 나는 묻지 않았고 그도 말하지 않았다. 이 사실의 근거는 내가 그가 쓴 시 이외의 다른 글을 보지 못했다는 기억이 전부이다. 나도 내 기억을 더듬어 보고 알았다. 그런데 최근에 그의 집에 들렀다가 우연히 집어든 인쇄물에서 그의 산문을 보았다. 내가 느끼는 은근한 배신감의 이유를 그는 짐작하지 못할 것이다.

아직 해가 뜨려면 한 시간은 기다려야 하는 새벽길 위를 나는 걷는

다. 두계천과 사이좋게 흐르는 작은 산책로의 어스름 녘, 같은 시간에 이 길을 걸은 지 5년이 넘어가고 있다. 한적하기는 하지만 이 길을 애용하는 사람이 없지는 않다. 논은 길을 품어 가꾸고 있기에 논을 가꾸는 사람이 길을 걷는 일은 그저 사랑이다. 자전거로, 또 다른 사람과 함께 길을 지나는 이들 모두 길에게 사랑이다. 그러나 이 시간, 어스름 길 위에서 마주친 사람을 헤아리자면 5명이 넘지 않는다.

길은 계절마다 외양이 변하고 날씨에 따라 표정이 달라질 뿐 아니라 걷는 시간에 따라 명도가 오르내리고 사람이 보이는 마음의 깊이에 따라 채도 또한 깊어진다. 그러나 무엇보다 혼자 걸을 때 길은 자신의 가장 깊은 속내를 내어놓는다. 나는 모든 얼굴을 다 보았기에 이 길은 온전히 나의 길이다.

새벽길 옆 덤불에서 시작한 루드베키아는 무거운 노랑으로 온 들판을 덮고 있다. 두계천 물그림자에 노랑이 가실 즈음 그 낮은 곳에서 피어나는 토끼풀꽃이 융단처럼 드러나고 다시 소금꽃 피듯 개망초가 흰 꽃을 온 들에 뿌린다. 새벽녘 저무는 달을 바라보며 잎을 접지 못하는 달맞이꽃의 아쉬운 시선을 만나는 곳도 이 길이다. 계절의 마디에서 흔들리는 코스모스는 달맞이꽃 넘어진 풀섶을 피해 자리 잡는다. 이렇게 수많은 이름 없는 풀들 모두 자기만의 방식으로 꽃 피우고 스러지고 또 초록으로 변신한다. 달과 해 사이, 꽃과 꽃 사이는 숨죽이고 흐르는 것이 두계천만은 아니다.

길을 걷다 멍하게 하늘을 본다. 들판의 꽃들 모두 멍하게 자기 하늘을 본다. 멍하게 바라보는 것들은 뭔가 잃어버린 것들이다. 누구의 책임도 아닌 이 멍함이 사라지기 전 서설은 들을 덮고 길을 덮고 사람을 감싼다. 하늘 길 아래 들판이 멍한 사이 계절이 먼저 떠난다.

구름 없는 아침 하늘은 커다란 바가지 안쪽을 파랑으로 칠을 하고 그 안에 흠뻑 들어앉아 있는 것 같다. 깊이를 가늠할 수 없는 파랑이 이렇게 온 정신을 빼앗는 하늘이라면 갑자기 유에프오 여남은 대가 저기 논 한가운데 내려앉더라도 전혀 이상하지 않은 풍경이다.

계룡산은 각지고 날선 어깨를 좌우로 들썩인다. 하늘에 박힌 작은 점이 막 떠오른 아침 해를 반사해 섬광처럼 빛날 때가 있다. 저 북쪽 어디 내려앉을 곳을 찾아 계룡산의 오른 어깨를 짚고 사라지는 비행기이다. 저 허공에 뜬 점 안에는 여기 내 들을 바라보는 사람이 있을 것이다. 이 온갖 초록 안에서 그는 나를 찾지 못한다. 수많은 하늘들 안에서 그러나 나는 그를 보고 있다. 이 길이 있어서이고 이 계절이 있어서이고 이 하늘이 있어서이다.

그가 쓴 글이다. 나는 우연을 가장하여 은근슬쩍 떠보지 않을 수 없었다. 그의 대답은 간단했다. 산문을 쓴 것이 아니라 시를 쓰기 위한 메모라는 것이다. 단지 메모였다.

그리고 이 짧지 않은 메모가 어떤 시 가운데에서 단 한 줄이 되었다고 말하며 씨익 웃었다. 왠지 엉큼한 웃음이었다.

'초록으로 핏물 배어 오르는 들길과 하얗게 상처 난 하늘길이 정확하게 같은 얼굴로 마주 보았다.'

저 긴 글로 이 한 줄을 얻었다면(내가 보기에 그럴 리 없고 그리 좋지도 않지만), 시가 이런 것이라면 가장 비효율적인 장르 중 하나이다. 수많은 느낌과 감정과 소리와 그림을 누르고 깎아 한 줄로 만드는 일은 여러 면에서 비효율이며 초능력적 축약이다. 그리고 더 문제인 것은 그 반대의 과정, 그러니까 시를 읽는 이에게도 엄청난 비효율이다. 그 한 줄을 읽은 독자가 문장의 원천이 되었던 수많은 정서와 향기와 그림을 느낄 수 있을까? 그런 초능력적 독자를 얼마나 찾을 수 있을까? 이런 비효율이 시라면 나는 쓸 생각도 나눌 의지도 없다.

고정되지 않는 인생을 해석하지만

그는 앞서 인생을 고정되지 않는 해석이라고 했다. 이런 입장은 일견 간단해 보이지만 인간이 가져야 하는 격에 관해 그는 왜 초능력적 개인주의로 반응하는지, 그가 보이는 해석의 패턴을 잠깐 짚고 넘어가야 한다. 그의 패턴을 알면 그가 가졌다고 주장하는 초능력의 정신적 배경에 접근할 수 있기 때문이다.

그가 담배를 끊었다. 누구도 예상치 못했던 일이었지만 연전에 그는 감행했다. 그의 금연은 초능력적 인내심의 결과라며 (5명 정도) 인구에 회자되었지만 나는 분명 다른 원인이 있었음을 짐작한다. 중독은 물적 변화 없이 의지만으로 잘 해결되지 않는다. 더욱이 30년 넘는 시간 동안 단 한 번도 금연의 의지를 밝힌 적 없는 그가 담배를 끊었다는 사실은 그를 위협한 뭔가가 존재했다는 심증을 증거한다.

갑자기 두 배 가까이 오른 담뱃값을 감당하기 어려웠을 것이라는 추측도 있지만 그의 미미한 경제력을 감안하더라도 이 결행의 추동력 가운데 20%를 넘지는 않을 것이다. 또 그의 귀에 수많은 못을 박은 딸아이의 협박도 10%를 넘지는 않는다고 본다. 그가 자신의 몸에서 담배로 인한 심각한 징후를 느끼지 않았다면 나머지 70%를 채울 수 있는 사안은 지구상에 없다.

하여간 그의 해석 패턴을 볼 수 있는 일화는 그가 담배를 끊으려 노력하는 주간에 드러났다. 내가 대중을 위한 교양수학이라는 껍데기를 쓴 전문 수학서[*]를 들추다가 수학적 통계의 해석 문제를 발견하고 그와 얘기를 나누었다. 물론 그와 통계의 허점에 관해 깊게 논의하려는 목적이 아니라 이론의 실례로 흡연자가 등장한 것을 보고 약을 올리려는 목적으로 꺼낸 주제였다.

(수학적으로) 아주 간단한 상관관계를 보자. 결혼 여부와 흡연 유무가 음의 상관관계를 띤다는 말은 간단히 결혼한 사람들은 흡연할 가능성이 평균보다 낮다는 뜻이다. 거꾸로 말하면 흡연자들은 결혼할 가능성이 평균보다 낮다는 말이다. (중략)

다른 해석의 경우 '흡연자는 기혼자일 가능성이 낮다'에서 말을 바꾸면 '만일 당신이 흡연자라면 당신이 기혼자일 가능성이 더 낮아진다.' 직설을 가정으로 바꾼 것이다. 첫 번은 상관관계를 말한 것이지만 두 번째는 인과관계를 암시한다. 그렇다고 금연하면 갑자기 배우자가 눈앞에 나타나는 것은 아니다.

여기까지가 수학 책의 내용이다. 내가 가볍게 들이민 이 문단을 본 그는 얼굴에서 분노의 기운을 감추지 못했다. 아마도 흡연자를 홀대하는 듯한 느낌을 받았을 것이다(그는 담배를 끊을 자신의 미래

---

[*] 조던 엘렌버그의 『틀리지 않는 법』.

를 알지 못했다). 그리고 재채기와 함께 입안에서 뛰쳐나오는 음식물 조각들처럼 이리저리 튀어 사람을 경악시키는 자기만의 해석을 쏟아 내기 시작했다.

"적지 않은 수의 흡연자들이 결혼과 동시에 담배를 끊었을 확률로 해석되는 사건은 사실 적잖은 수의 흡연자가 결혼과 동시에 죽었다고 볼 수 있는 거야. 안 그래? 또 이렇게 흡연자들 중 결혼한 흡연자들의 생존율이 떨어진 사실을 흡연의 폐해라고 단정하기 이전에 결혼의 폐해일 수 있다는 가정도 세워야지. 비흡연자들이 가진 숨은 폭력성이 결혼과 동시에 급격히 방출되는 현상도 전혀 없다고 단정지을 수 없잖아? 또, 결혼과 동시에 흡연자와 비흡연자들 사이에 급격한 전이가 이루어지는 현상도 무시할 수 없어. 그러니까 흡연자는 담배를 끊고 비흡연자는 갑자기 담배를 피우는 전도 현상인데 이것이 사실이라면 문제는 결혼이지 흡연이 아냐."

다음 문단은 그가 토해 놓은 다른 해석들을 요약해 놓은 것이다. 원래 담배를 피우지 않았거나 구라적 해석에 염증이 있는 분들은 읽지 않고 건너뛰는 게 좋을 듯하다.

심지어는 결혼이 흡연자의 건강 상태에 미치는 영향을 연구하기 위해 비밀 기관에서 공공연히 결혼한 흡연자들을 납치해 인체 실험을 강행하고 있다는 소문도 있다는 것이다. 그 결과 흡연자들은 결혼을 꺼리기 시작하고 흡연자가 결혼을 원할 경우 생존을 위해 흡연하는 배우자를 선호하는 경향이 생기자 기관에서는 이런 흐름에도 단호히 조치하기 시작했다. 현대판 우생학이라고 불리는 이 정책은 흡연자로 이루어진 커플에게 가해지는 은밀한 박해가 주된 내용이다. 세금 공격에서부터(이는 이미 큰 폭의 담뱃값 인상으로 시작되었다. 부부가 담배를 피울 경우 이중과세이기에 담배에 붙는 직접세에 대한 일부 환급 논의를 기각했던 은밀한 판결이 그것이다) 기관에서 부동산 업자를 관리하면서 시세보다 높은 월세의 주택을 흡연 부부에게 집중적으로 소개함으로 고의로 주택 문제를 야기하고 있다는 비밀문서도 나왔다. 위생 정책을 무기로 시작된 공격도 있다. 동네가 요즘 급격히 지저분해졌다면 주위에 흡연 부부가 이사 왔을 확률이 높다는 것이다. 기관에서 의도적으로 청소차의 방문 횟수를 줄임으로 흡연 커플에 대한 박해가 시작된 것이다. 이외에도 수많은 의혹을 제기했지만 모든 것을 기록하고 요약할 능력이 내게는 없다.

누구라도 짐작하겠지만 그가 세상을 해석하는 패턴의 핵심은 이렇다. 세상의 중심에 자신을 놓는다. 그리고 그것이 올바른 세상이다.

아침은 묻지 않고 온다

어느 날 그가 소설 한 편을 보내왔다. 영문도 모르고 맞는 아침처럼.

소설 초능력 시인 실종 사건

이름은 한 존재의 밑바닥을 보여 주려 만들고 붙인 것이 아니다. 그것은 그와 나를 이은 관계를 보여 주는 그림자 같은 것이다. 그래서 내가 그의 이름을 묻는다면 하나의 관계에 내가 얼마나, 어떻게 섞이고 묻어 있는지를 확인하려는 일이다. 그렇다면 그의 이름이 궁금할 리 없다. 그는 남자였다. 그리고 나머지는 알 수 없었다.

존재감이 덜 느껴진다는 말로는 그가 가진 반투명성을 모두 설명할 수 없었다. 거기에 그가 앉아 있었지만 볕이 비치면 사라지는 안개 덩어리 같은 느낌이었다. 눈을 맞추는 일은 서로를 존재라고 인정하는 일이면서 서로를 거기에 존재하게 만드는 유일한 방법이었다. 그는 나에게 이런 사실을 깨닫게 했다. 그가 절대 눈을 맞추지 않기 때문에 새삼스레 확인한 사실이었다.

거기 희뿌연 그가 앉았다는 느낌 말고는 아무것도 짐작할 수 없었다. 흔히 사람을 만나면 알 수 있는 나이나 외모에서 느껴지는 성향, 악수할 때 손의 느낌, 냄새 등등이 있지만 그에게서는 어떤 정보도 얻을 수 없었다. 시간과 공간이 묻어 있는 사람이라면 풍길 수밖에 없는 정보 모두를 증발시키고 남은 흔적만이 저기 앉아 있는 것 같았다. 아니 정보가 없는 존재일지도 모른다.

시선은 바닥을 훑다가 천정을 향했다. 그리고 어느새 고개를 돌려 창에서 빛이 어떻게 흘러내리는지 따라가고 있었다. 나를 제외하고 이 방 안에서 움직이는 모든 움직임을 감시하고 있었다. 그러다 문득 내 등 뒤에서 낯선 침입자라도 발견한 듯 뚫어져라 쳐다보았다. 이 모든 느낌은 그의 방 안에 들어서고 채 1분이 안 되어 나를 덮쳤다.

이름을 물을 이유가 없었다. 그와 내가 같은 존재가 아닌 이상 그와 나는 관계랄 것을 가지고 있지 않기 때문이다. 방은 어두웠다. 그의 등 뒤 왼쪽 벽 모서리에 난 창문 하나에 묻어 있는, 빛이라고 부르기 민망한 것을 제외하고 자연광은 없었다. 두 개의 백열전등이 있었지만 이것들은 좌우 벽의 바닥에 달려 있었다. 이렇게 바닥에서 위로 향하는 조명의 방향 때문에 그의 콧구멍은 보였지만 눈은 그림자에 숨어 보이지 않았다. 그가 고개를 숙이자 움푹 파인 작은 구덩

이 안에서 초점도 끊임도 없이 계속 구르는 흐릿한 눈동자가 보였지만 그의 콧구멍은 보이지 않았다. '콧구멍과 눈동자는 원래 같이 볼 수 없는 것인가?' 언뜻 떠오른 생각이었지만 그가 내뱉은 말일지도 모른다는 느낌이 들었다. 이상했다.

"적도의 어느 산에 오르면 어느 밤, 왼쪽 어깨의 저 끝에 매달린 북극성과 오른쪽 하늘이 움켜쥐고 있는 남십자성을 한꺼번에 볼 수 있다는데."

"하나의 시야로 볼 수 없다면 같은 하늘이 아니겠지. 두 개의 시야가 필요하다면 두 개의 하늘이 있는 것이겠지. 그리고 하나의 하늘을 뒤집어쓴 적도의 산 같은 것은 없는 거겠지. 눈과 콧구멍을 같이 담는 적도가 없는 것처럼."

말이 오갔지만 어느 것이 내 것인지 알 수 없었다.

"왜 왔나? 둘이 만나도 채 2가 되지 못하는 관계가 있는데."

"김이 사라졌다고 해서 지구대 최 씨가 너한테 가 보라고 하던데."

분명 처음 보는 사이이지만 서로 말을 놓고 있었다. 그러나 이상하게도 그리 이상하지 않았다. 오래된, 그러나 서로를 미워하는 친구처럼.

그의 시선은 불연속적인 궤적을 그리는 날벌레들을 좇기라도 하는 듯 불안하게 옮겨 다니다가 잠시 한곳에 머물렀다. 그리고 아예 책상 쪽으로 몸을 돌렸다. 5m 길이를 가진 직사각형의 방 절반은 30㎝ 정도 높았고 내가 앉아 있는 의자는 나머지 낮은 절반의 바닥에 있었다. 그는 높은 곳에 앉아 나를 내려다보다가 회전하는 의자를 돌려 오른팔을 얹고 있던 작은 책상을 향했다. 그림으로만 말하자면 나는 그를 알현하고 있었고 그는 나라는 존재를 무시하고 있었다. 그는 책상 위에 얌전하게 포개져 있는 파란 노트북의 등에 오른손 가운뎃손가락으로 작은 원을 그렸다. 등잔의 요정을 부르는 마법의 주문처럼.

"사라져도 괜찮은 사람 아닌가? 김이라는 친구?"

"사라져도 괜찮은 존재라면 사람이라고 부르지도 않을 텐데."

"사라져도 괜찮은 존재 중에 사람이 가장 많은데."

나는 내가 무슨 말을 하는지 알 수 없었지만 그는 모두가 자신의 말인 양 곱씹고 있었다. 그가 왼손 손바닥을 내밀었다. 나는 반사적으로 그의 손 위에 김의 방에서 가지고 나온 종이를 쥐어 주었다. 종이에는 김이 쓴 시가 한 편 인쇄되어 있었다. 나는 그의 왼쪽 얼굴을 보고 있었지만 그의 눈동자가 시를 읽을 때에도 끊임없이 흔들리며 돌아다닌다는 사실을 알 수 있었다.

시 불륜의 아침

그날 저녁 만난 1은 누가 봐도 그저 1이었다 1이었지만 흔들리는 노을에 채여 그늘을 만드는 순간, 터울 져 드러난 여럿 그림자들은 각각 온전한 자백이었다 탄식은 먼 세계에서 가졌던 자신의 부피에 관한 기억이었고 회한은 몇 개의 차원을 건너 긴 그림자를 드리울 수밖에 없었던 운명의 넋두리였다

지금 이곳에서 그저 1인 모든 1들이 다른 차원에서 다른 존재가 드리운 신성한 독립 상태들의 긴 그림자였다는, 그래서 나를 나로 나누어 나온 1과 너를 너로 나누어 나온 1은 진정 다르다는 밀고와

각성이 후려치는 밤, 세계는 이미 어제의 그것이 아니었다 사무치는 통고였다

허망은 허투른 삶의 첫발자국이다 이 번잡한 세계 전체를 스스로 나누어도 1이 나올 터였지만, 그 1이 또 어느 차원에서 수많은 영혼을 쥐고 흔들지 감당할 수 없었지만, 나는 그저 해서는 안 될 연산을 끄적였다

세계를 나로 나누자 온통 토악질하는 나들의 범벅이었고 나를 세계로 나누자 명암만 남은 치욕의 무한소들이 차곡차곡 쌓인 곳간이었다 갈 곳이 아니었다 너를 나로 나누자 패턴 없이 영원히 이어지는 무리수, 원주율이었다 태생이 딱 접히지 않는 어긋남이라는 이 증거 때문에 다시 나는, 아침 볕에 기대 나를 1로 나눴다 거기에는 한 꺼풀 채도가 사라진 내가 퀭하니 누워 있었고 나를 2로 나누자 한껏 흐릿해진 두 개의 봄꿈이 흐드러진 거기 들판이었다 다시 3으로 나누자 모서리가 뭉개진 울음이 세 방향에서 메아리쳤다 그리고

나를 너로 나누자 가을 햇살에 푸석, 먼지로 일어났다가 서둘러 침전하는 맥박들이 있었고 이 희미한 맥박들은 닿는 곳 어디든 꿈틀거리는 빨판이었다

그가 김이 쓴 시를 읽는 사이 나는 그를 읽었다. 갑자기 그의 머릿속이 보이기 시작한 것이다. 읽는다는 일은 생물학적 뇌 구조를 따지는 일이 아니었다. 그의 생각이 시각적인 형태로 훅 다가왔다. 비밀스러운 정원의 문을 잠깐 열어 둔 사이 우연히 문 앞을 지나다 바라본 정원의 풍경처럼 뭔가 보였지만, 그러나 훅 그렇게 사라졌다. 알 수 있었다. 그는 다른 사람보다 조금 높은 지적 능력을 가졌지만

대신 사회적인 표현 양식을 전혀 가지지 못한 사람이라는 사실. 내가 깨달은 것이 아니라 그가 강제로 보여 준 장면 같았다. 그러니까 필요 이상으로 자신을 피곤하게 만들지 말라는 듯. 그렇다고 내가 정서적으로 공감한다거나 심정적으로 이해하는 상태에 이른 것은 아니었다. 그저 알 수 있었다. 그가 고개를 들어 자신의 정면에 있는 천정에 시선을 꽂았다. 내게는 여전히 그의 왼쪽 얼굴만 보였다. 그의 왼 볼이 조금 흔들리기 이전에 소리가 먼저 들려왔다.

"잘 들어! 집중해서."

그의 목소리는 남몰래 가글하듯 작은 떨림을 가지고 있었지만 영혼의 뒤통수를 꼬집어 대며 정확하게 전달되었다.

"톡소 플라즈마라고 알지? 임산부가 감염되면 태아의 신경계에 작용해 기형이 생기는 것같이 심각한 위험을 초래하는 병인데."

나는 대답하지 않았다. 그도 움직이지 않았다.

"톡소는 단세포 원생생물인데 다른 생명에 기생해. 그리고 유성생식을 하지. 암수가 따로 있다는 얘기야. 그런데 이놈들이 고양이의 내장 안에서만 짝짓기를 해. 거기서 자손을 만들고 고양이 똥으로 배출되지. 그런데 말야."

'웬 생물학 강의야. 사라진 김에 관해 이야기하러 온 판에.'

혼자 생각이었다. 입 밖으로 내지 않은, 그런데 그는 듣고 대꾸하듯 몸을 내 방향으로 돌리며 말했다.

"다 맥락이 있을 건데. 그럴 건데?"

그의 시선은 내 왼쪽 어깨 뒤쪽에 꽂혔다. 무슨 말을 해도 위협적이지는 않았다. 그저 사이 나빠진 친구 같았다. 약간 머쓱했던 나는 생각난 듯 하려던 말을 쏟아 내었다.

"김은 아무것도 가지고 다니지 않았어. 그건 최 씨가 말하지 않아도 내가 더 잘 알지. 지갑도 없어. 주머니 속에는 그날 필요한 잔돈 몇 푼하고 지금은 초등학생도 쓰지 않는 옛 휴대폰 하나가 전부야. 그나마도 가지고 다니니 다행이었지. 그런데 그 휴대폰도 그냥 집에 있었다네. 단서라고는 최근에 쓴 이 시 한 편이 전부야. 사실 단서라는 단어가 등장할 만큼 중대한 사건인지 아니면 불안해진 김의 부인이 혼자 상상하고 가정해서 만들어진 일인지는 모르겠지만, 하여간 나에게 그렇게 연락이 왔어. 이틀 전, 한밤중부터 김이 보이지 않았다는 거야. 밤중에 집을 나갔는지 아니면 증발했는지 알 수 없다네, 잠자리에 들기 전에는 분명히 집에 있었는데 아침에 보니 없더라고. 외출도 잘 안 하던 사람이 조용히 사라져서 연락도 없이 두 밤을 집에 안 들어온다는 것은 상상할 수 없는 일이라네. 그러니까 나도 좀 불안하기도 하고."

그를 쳐다보지 않았다. 불안해 보이는 그의 시선과 행동에 나까지도 점점 더 불안해지고 있었다. 말을 마쳤지만 예상한 시간에 그의 목소리가 들리지 않자 다시 그를 향해 고개를 돌렸다. 그는 바닥을 바라보고 있었다. 자신의 맨발을 보는지 스포츠용 양말로 감싼 큼직한 내 발을 보는지는 알 수 없었지만 빡빡 밀었다가 3일 정도 자란 머리카락들이 가지런히 소용돌이치며 박혀 있는, 앞뒤로 길쭉한 그의 정수리가 나를 노려보았다.

"그런데 쥐들은 옳다구나 고양이 배설물을 잘 먹잖아. 이제 쥐에서 서식하는 거지. 그리고 적당히 성장한 톡소는 생식을 위해 다시 고양이 내장으로 돌아갈 건데, 가고 싶겠지. 톡소의 입장에서는 자신이 머무는 그 설치류가 다시 고양이 내장으로 들어가는 게 가장 좋은 방법이지? 그래야 자기들이 거기서 다시 자손을 만들 건데. 그렇게 설치류의 몸속으로 들어간 톡소는 6주에 걸쳐 천천히 뇌를 향해 움직여. 그렇게 불안과 공포를 관장하는 편도체에 집중적으로 모여. 거기서 공포와 불안을 관장하는 특정 뉴런들의 배선을 끊는 거지. 쥐는 정상인데 단지 고양이 오줌에 두려움을 느끼고 도망가는 대신 성적으로 끌리게 만든단 말이지. 쥐가 고양이 오줌 냄새를 맡으면 도망갈 건데! 그렇지? 고양이 페로몬에 끌린다는 거야. 쥐가 고양이 오줌이 있으면 흥분해서 가까이 가는 거지. 톡소가 쥐를 조종해 다시 고양이 내장에 들어갈 확률은 엄청 높아지겠지? 톡소라는 단세포생물이 개체를 장악해서 다시 고양이 내장으로 들어가는 방법일 건데, 그렇지?"

한순간 폭포처럼 말을 쏟아 놓은 그는 이어지는 정적 또한 자신의 말이라는 듯, 그러니까 정적까지 포함한 자신의 메시지를 이해했냐고 묻는 듯 3초에 한 번씩 나를 흘겼다.

"놀라운 이야기이긴 한데 지금 내가 들어야 하는 이야기인지는 모르겠는데."

그는 왼팔을 자신의 머리 뒤로 꺾기 시작했다. 뇌성마비 환자처럼 부자연스러운 모양이었다. 내가 자신의 의도를 이해하지 못하자 마치 자신의 몸을 학대해 나에게 벌을 주려는 행동 같았다. 그 상태로 깊게 숨을 들이쉬고는 한참을 움직이지 않았다. 느낌에 족히 5분은 지난 듯했다. 천천히 날숨을 풀어놓으며 천천히 팔도 풀었다. 그사이 그의 모습은 전파를 방해받는 오래된 텔레비전 화면 같았다. 지직거리며 뭔가 일그러지고 또 뭔가 희미한 사진 같았다.

"너도 집중하면 알 수 있어. 곧 알게 될 거야. 곧 죽을 수도 있겠지. 그러니까 집중해 봐. 내가 말하잖아? 알 수 있을 건데."

이쯤 되면 내가 온 목적이 뭐건 나도 슬슬 부아가 치밀기 시작했다.

"내가 꼭 알아야 하는 이야기인가?"

"모르고 죽으면 마음은 편하지."

이번에 그는 아예 내게 등을 보이고 앉았다.

"이건 간단한 비유야. 인간과 쥐를 같은 항에 놓았지. 그럼 반대편에 톡소와 응? 응? 뭐가 있을까? 있긴 있을 건데."

"뭐라고?"

"인간이 쥐에 대응하면 톡소는 뭐에 대응하냐는 말이지? 톡소가 쥐를 장악했다면 인간을 장악한 것은?"

당황스러웠다. 꺼질 듯 깜박거리는 그의 뒤통수를 바라볼 밖에.

"물론 톡소가 인간에게도 감염되지. 임산부에게는 치명적이야. 또 비정상적인 과속으로 사고를 낸 사람들도 톡소 감염을 의심해 볼 필요가 있지. 공포의 배선을 끊어 놓으니까. 하지만 이건 현실의 문제이고 인간을 고양이의 내장에 넣기는 어렵잖아? 근본적인 상징으로 볼 때 뭐가 톡소의 역할을 할까? 인간에게. 잘 들어. 집중해! 그건 바로 호기심이야."

그의 모습은 해가 뜨면서 점점 옅어지는 안개 같았다. 흙먼지가 가라앉으면서 점점 투명도가 높아지는 수족관의 물 같기도 했다.

"쥐에게 톡소가 하듯, 인간을 병적으로 움직이게 하는 것은 호기심이야. 어느 순간부터 인간에게 프로그램 되어 있어. 호기심은 결국 인간을 어디로 끌고 갈까? 알고 싶지? 비밀을? 인간은 인간 안에 담긴 비밀을, 그리고 우주의 시작부터 간직한, 또 인간에게 보여 주지 않은 비밀을, 아니 인간이 이해 못 한 비밀을 끝까지 따라가게 되어 있어. 인간에게 드러나는 병증은 호기심이야. 우주의 비밀을 향해 나아가지. 인간은 분명히 한계를 가지고 있어. 인체라는 물질적 한계지. 그러나 뇌가 자아내는 호기심에는 한계와 영역이 없어. 결국 우주의 비밀에 한 발씩 다가가면서 표현할 수 없이 장대한 우주이지만 또 그만큼 깊고 넓은 무의미와 마주하게 되는데, 그렇지. 느낄 수 있겠어? 아니 아니지. 그만한 무의미를 상상하거나 느꼈다면 이미 살아 있는 인간이 아니지. 그 무의미와 마주하는 순간, 그러니까 궁극의 앎과 마주 서는 순간 인간은 진정한 죽음을 맞이하는 거야. 인간과 무의미가 서로를 바라보는 순간 발생하는 화학작용처럼 진정한 죽음이 찾아오지. 인간이 맞을 수 있는 가장 근본적인 죽음. 우주의 무의미와 호흡을 나누는 일. 김을 찾는다고? 그 화학작용의 현장으로 가 봐야 하지 않을까? 김을 찾고 싶으면!"

반사적으로 되물었다. 아마도 감당하기 어려워서일 것이다.

"혹 이런 얘기 아닌가? 젊은 날, 우리가 살 수 있었던 것은 생이 아무것도 보여 주지 않았기 때문이잖아. 모르니까 기대와 추측의 힘으로, 그렇게 욕망의 힘으로 살 수 있었던 거지. 그런데 나이 들면서 생은 알아 갈수록 허망하고 무의미한 것이라고 느끼기 시작하잖아. 건전한 상식을 가진 사람에게 삶이 슬퍼지는 이유잖아. 그래서 또 그 슬픔에 떠밀려 끝까지 가게 되지. 그렇게 파도에 떠밀려 발이 땅에 닿을 듯하지만 언제나 허우적거리면서 끝까지 밀려가는 게 삶이잖아. 이런 정서적 결론에 대한 과학적 은유 아닌가? 그 질문."

"아니 그 반대일 건데? 아주 일부가 드러난 바위의 표면을 보는 것처럼 장대한 과학적 사실의 일부를 보고 내린 미미한 문학적 은유야. 네가 느낀 것."

말이 끝나기 무섭게 그는 급박하게 돌아앉았다. 나를 똑바로 바라보는가 싶더니 손을 뻗었다. 피할 새도 없이 그의 양손이 내 관자놀이를 감쌌다. 손은 서늘했지만 내 피부에서 멈추지 않았다. 알 수 없었다. 그의 손이 내 머리 안까지 들어온 것 같았다. 알 수 없었다.

"지금 사용하는 단선적이고 순차적인 언어로는 모두 전달할 수 없지. 나는 너이니까 한꺼번에 볼 수 있어. 김이 무엇을 보았는지, 무엇을 말하려 했는지, 저 시에서."

눈에 뭔가 보이기 시작했다. 그러나 단순한 형상이 아니었다. 마음으로 그리는 그림처럼 움직이면서 직관적으로 다가왔다. 형상들은 여럿이었다. 아주 많았다. 그런데 모두 한꺼번에 이해되었다. 누군가 있었다. 그리고 나에게 묻기 시작했다. 아주 빠르기도 하고 영원처럼 느리기도 했다.

"1을 1로 나누면? 5를 5로 나누면? 나를 나로 나누면? 이 우주를 우주로 나누면? 모두 1이지? 그렇지? 그런데 말이야, 이 1들이 모두 같을까? 42를 42로 나누어 나온 1과 우주를 우주로 나눠 나온 1이 같을까? 같은 1일까?"

질문이 훑고 지나자 쉴 틈 없이 답이 보이기 시작했다. 분명 내가 생각한 것은 아니었지만 답이 보이기 시작했다. 그러나 뭔가 이해되기 시작하자 내 안에서 먼저 작동하는 것은 반감이었다. 답이 무엇이더라도 선선히 인정하기 싫었다.

"1이 뭐냐고? 완벽한 고독의 은유? 좀 유치한 문학적 수사 아냐? 자신을 자신으로 나눠 나온 1은 말하자면 존재를 실존으로 나눠 나온 1이잖아? 흐흐, 삶이 가진 모든 잡다한 잔털들의 그림자를 털고 나면 허공에 남은 하나 흔들림이야. 존재의 그림자가 지나간 흔들림, 그렇게 생긴 추상 뭐 이런 것일 걸? 1이 모두 같지는 않을 거라고? 그런 질문이잖아? 출신이 다르더라도 남은 것은 허망뿐이라는 사실은 같잖아?"

내가 뭐라고 하던 괘념치 않고 누군가는 계속 중얼거렸다. 아니 내가 하는 말이 내 머릿속에서 메아리치는 것인지도 몰랐다.

"초끈 이론은 우주에 11개의 차원이 있다고 말하고 있어. 3차원까지는 우리가 느끼는 우리의 배경이고 4번째 차원도 알고는 있지. 물론 수학적인 전개이지만 우리 앞에 놓인 1들은 더 높은 차원에서 움직이는 복합체들이 우리 차원으로 드리운 그림자야. 중력처럼. 중력이 다른 힘에 비해 그렇게 약한 이유는 다른 차원의 복잡한 힘이 낮은 차원으로 드리운 그림자이기 때문이야. 차원이 낮아지면서 단순화되는 거야. 수학은 추상이지? 추상은 뭔가 상징하는 거야. 우리가 제대로 된 적분 기계를 가지고 있다면, 아, 수학에서 말하는 그 적분 맞아. 미분 반대 적분! 그래서 1을 적분 기계로 차원을 넘어 적분한다면 다른 차원에서 가진 본체를 확인할 수 있어. 너를 너로 나눈 1과 우주를 우주로 나누어 나온 1은 다르다는 거지."

어안이 벙벙했지만 뭔가 말은 되는 느낌이었다. 김의 시를 조금이나마 설명해 주는 것 같았다. 그리고 다음 순간 훅 김이 떠올랐다.

'김이 이 사실을 알았다고? 그래서 우주의 비밀 하나를 들춰 보고는 자살이라도 했다는 거야?'

번뜩 생각이 스쳐 가자 거기 앞에 있던 형상 하나가 재빨리 답했다. 그저 생각이었다.

"아니, 그는 더 봤겠지. 1의 비밀을 보고는 다른 연산을 시도했을걸."

"다른 연산? 적분으로 다른 차원을 들여다보는 일 말고?"

"적분 기계로는 그저 들여다보는 거야. 저 1이 다른 차원의 무엇이었는지. 그러나 확실히는 알 수 없어. 확실히 고정된 모양을 보여주지는 않아. 적분하면 적분상수가 등장하잖아. 상수만큼 뿌옇게 번져 고정되지 않는 거지. 그래서 등반자는, 아 우리는 이쪽 비밀을 들여다보는 사람을 등반자라고 해. 등반자들은 보통 다른 차원의 비밀을 보고 나면 현실에서 증명해 보려 하지. 자신을 나눠 보는 거야."

"나눈다면 나눗셈 얘기인가?"

이 순간 나는 영겁의 시간을 헤매는 것 같았다. 찰나의 순간일 수도 있었다.

"그렇지. 나를 1로 나누면 나겠지? 당연하지. 그럼 나누기 전의 나와 나눈 후의 나는 같을까? 나를 10으로 나누면 어떻게 될까? 나는 10조각으로 능지처참당한 조각들일까? 아니면 1/10만큼의 부피로 줄어든 10명의 나일까? 아니야. 우주의 홀로그램 원리에 따르면 나를 10으로 나누면 거기 똑같은 내가 10개 있는 거야. 다만 정보 밀도가 1/10로 줄어든 나야. 나라는 존재를 이루는 정보가 옅어지는 거야. 그래서 가까이에서 보면 조밀한 나가 아니라 좀 성긴 나를 발견할 거야. 좀 많이 나누면 뿌옇게 번지겠지. 마치 우리가 유령이라고 부르는 것처럼."

개벽처럼 다가오는 깨달음의 순간이 있다면 내게는 바로 지금이었다. 내 앞에서 내 머리에 손을 담그고 있는 그, 모습이 바로 뿌옇게 번지면서 반쯤 투명해진 그.

"너는 누구지? 그래 너는 누구를 나누어서 나온 존재야?"

내가 눈을 번쩍 뜨면서 묻자 그는 코와 코가 맞닿을 만큼 가까이

다가와 내 눈 앞에서 나를 뚫어져라 노려보았다.

"그렇게 묻는 너는 누구이지? 네 이름은 기억나는가?"

너무 당연한 것을 갑자기 물으면 기억나지 않는 경우가 있다.

"내 이름?"

이름이 떠오르지 않았다.

"나누는 과정에서 자아 정보가 옅어지면 이름 정도는 잊을 수도 있어."

"내가 나눠졌다고?"

"내가 말했는데. 너는 나라고."

"그, 그럼?"

"원본? 그런 거 의미 없잖아. 네가 김이고 네가 나인데."

"사라져도 괜찮은 사람?"

"사라져도 괜찮은 존재."

"흐려져도 괜찮은 존재 중에 사람이 가장 많은데."

묻지 않고 아침이 왔지만

나는 아무 말도 하지 않았다.

아무 말도 할 수 없었다.

시만 쓴다더니,

아니 시만 쓴다고 생각하게 하더니

시 같지 않은 시만 쓰더니

소설이라니, 그것도

아니, 내용이나 형식의 문학적 평가를 떠나서

소설이라니.

그 아침에는 점점이 죽음이 박혀 있다고

그는 다른 사람은 들을 수 없는 소리를 듣는다 했다. 어느 뒤틀린 시공간을 지나온 다른 우주의 신호라는 것이다. 진정한 초능력은 바로 이런 것이라고, 다른 사람은 듣지 못하는 가치를 읽는 일이라고, 뻥깠다. 그런데 나는 여전히 맞장구를 쳐 줬다.

"그들이 왜 댁한테 신호를 보내겠어?"

인근 도시에서 살고 있는 소설가 선배가 자신의 출판기념회에 꼭 다녀가라는 당부는 물론 그가 받은 것이다. 나와 소설가는 그저 건너 인사 정도 한 사이이기에 행사에 얼굴을 디밀기 민망한 심사였지만 그는 나를 설득했다. 선배의 소설이 가지는 문학적 성취를 떠나 (왜 떠나는지 알 수 없지만) 지역 역사에 큰 가치를 더하는 기록이 될 것이고, 선배의 인간적 감수성을 두고 볼 때 자신이 행사에 불참했다는 사실은 큰 모욕이 될 거라는 이유였다. 물론 결론은 나까지 참석해야 한다는 것이었다. 선배가 그와 나를 굉장히 끈끈한 관계로 알고 있기 때문에 당연히 나도 참석해야 하며 그렇기에 당연하게도 운전은 내가 했다. 그는 조수석에 앉아 계절의 정취와 곧 시작될 음주의 향연을 상상하며 미리 취하고 있었다. (그는 기분 좋게 취하고 있었지만 대부분의 술자리에서 그는 스스로만 모르는 은근한 왕따였다.) 20년이나 되어 연비가 좋지 않다는 사실이 그가 그의 차에 선고한 죄목이지만 나는 이유를 잘 알고 있다. 값비싼 연료비를 아끼는 일임과 동시에 언제 어디서 생길지 모르는 술자리에 대비하기 위해, 아니 즐겁게 맞이하기 위해 그는 운전을 멀리하는 것이다.

체중을 싣지 않은 내 질문에 그의 장광설은 다시 고개를 들 기회를 맞았다. 그러나 그가 옳다구나, 말을 시작하는 순간 그의 이기적인 행동 방식들이 떠올라 불쑥 심사가 불편해졌다.

"일종의 사명 같은 것이라고 나는 생각해. 인간에게 당면한 가장 큰 문제 중 하나가 죽음의 문제를 해결하는 거야. 물리적으로 수명을 늘이는 일은 과학의 몫이지만 죽음이 삶에 대해 가지고 있는 정서적, 관념적 가치를 파헤치고 평가해 세계 앞에 내어놓는 일이지. 빨갛게 잘 익은 고추를 가을볕에 내어 말리듯. 나는 그 일을 완성하고 있어."

참아야 했지만 자신의 술자리에 나를 대리 기사, 아니 봉으로 활용하려는 얍삽한 정신을 갑자기 참을 수 없었다. 그렇다고 크게 소리를 지르거나 이런 방식은 아니었다. 아픈 곳을 찌르는 일이었다. 먼저,

"시만 고집하더니 어쩐 일로 소설을 다 쓰셨대?"

내 분노에 찬 지적에 그의 답은 준비된 듯 빨랐고 또 기대한 듯 너무 밝았다. 진행자에게 부여받은 신나는, 얼치기, 초능력적 자기 자랑 시간 같았다.

"읽어 봤구나. 역시 친구야. 그것은 다른 시공간에서 온 계시였겠지? 우리는 다른 차원에서 넘어온 어떤 것의 그림자들이야. 우리가 가진 존재의 형식에 관한 새로운 답이지. 이것을 응축해 시로 쓴다면 역시 소통의 벽에 부딪힐 거라 생각했어. 과학이 내린 난해한 결론을 다시 예술적 응축으로 가공한다면 어떤 결과물이 나올지 짐작이 가지? 물론 나는 그런 일 신경 쓰지 않지만 그렇게 소수만 느끼

기에는 너무 아까운 세계의 진실이라고 생각했어, 나는! 그래서 소설의 형식을 가져야 한다고 생각했지. 내 초능력적 수신 능력을 감안하더라도 이 신호가 왜 나에게 찾아왔는가,라는 사실은 아직 풀지 못한 의문이지만 내게 찾아온 계시를 충분히 전달하려 노력했어. 어때? 잘 읽었나? 그리고 우리 세계의 비밀을 예술적 감동으로 충분히 느껴 보았나?"

정말이지 할 말이 없었다. 친구 사이에 나누는 일상적인 대화로 사람의 혈압을 순식간에 올릴 수 있는 능력! 초능력 백과사전이 있다면 새로운 범주로 넣고 싶은 심정이었다. 조금 더 참으면 안전 운전에 지장이 올 상황이었다. 운전자의 심리 상태로 미루어 볼 때 어디든 일단 살아서 도착하는 일이 급선무라는 사실을 모르는 사람은 마음이 편할 것이다. 흘긋 바라본 그의 표정은 편안하고 뿌듯했다. 소설 얘기만으로는 싸움이 되지 못했다. 그와 다시 대화하기 위해서는 한참 동안 나를 진정시키는 과정이 필요했다.

"요즘 열심히 운동하신다며? 내가 운동 이야기 꺼냈을 때에는 저열 운운하시지 않았나? 오, 담배도 끊으시고. 최근에 외모지상주의의 은혜를 입어 나만의 전유물이던 저열한 정신을 다시 회복하셨나?"

너무 직설적이라는 생각은 들었지만 언젠가 할 수밖에 없는 말이었으며 지금이 가장 효용이 높은 순간이라는 판단이었다. 이 얘기는 효과가 있었다. 그는 한동안 말없이 창밖을 바라보다가 창문을 내리고 손을 내밀어 바람을 느끼고 있었다. 여러 궤변들 중에 하나를 선택하느라 그의 뇌는 지금 분주하리라. 나는 차의 속도를 낮추었다. 혹여 바람이 그에게 답을 주면 안 되기 때문이다. 그의 침묵은 생각보다 길어졌다.

"질 낮은 인신공격의 악취가 진동하는 질문이기는 하지만 그래도 대답하겠어. 죽음의 문제를 해결하기 위한 방법들 중 하나야. 최근 네가 도둑질하듯 바라보는 내 일련의 행동들 말이야."

나는 대답하지 않았다.

"죽음을 연구하는 문제는 죽음을 미루는 기술이 발전한다고 해서 해결되는 게 아니야. 이 정도 얘기는 따라올 수 있지? 기술이 발전하면 아주 긴 시간 동안 죽음을 유예할 수 있겠지. 어쩌면 적당한 용기에 한 사람의 기억을 담아내고는 전원이 꺼지지 않는 한 영원한 생명이라고 말할지도 몰라. 그러나 단순하게 죽음을 계속 미루는 일은 우리가 겪을 수 있는 두 세계 중 하나를 포기하는 일이야. 그러니까 진정 죽음의 문제를 해결하는 방법은 아니지. 한쪽에 오래 머무는 일만 고집하면서 다른 세계를 고민할 기회를 박탈하는 거야. 죽음의 세계라는 것이 삶과 다른 시공간에 실재하는 것인지 아니면 삶이 끝나는 순간 이후를 인간이 자의적으로 확장해 만들어 낸 이야기일 수도 있지. 그러나 아직 누구도 모르잖아. 갔다 온 사람이 없으니까. 그 땅의 경험은 누구도 알려 줄 수 없어. 죽음을 고민한다는 것은 삶의 정체를 밝히기 위해 반드시 필요한 것이야. 당연하게도 삶을 영원히 유예한다고 죽음의 문제가 해결되는 것은 아니야."

내 대답은 반사적으로 튀어나왔다. 갑자기 차의 속도도 올라갔다.

"좋아. 삶의 길이를 늘인다고 해서 죽음의 문제가 해결되는 게 아니라면 담배도 끊고 남몰래 운동까지 해 가면서 인위적으로 삶의 길이를 늘이려는 노력은 죽음의 문제를 해결하는 일과 어떤 관계인가?"

"세속적인 욕망은 세계를 심각하게 왜곡해! 인정하지? 기억하지? 먼저 욕망을 걷어 내야 세계를 있는 그대로 볼 수 있어. 죽음도 마찬가지겠지? 삶에 들러붙어 있는 욕망과 두려움을 걷어 내면 똑바로 응시할 수 있어. 죽음의 문제를 해결한다는 것은 죽지 않는 일이 아냐. 그것이 더 이상 나에게 문제가 되지 않는다는 말이지. 나에게 의미가 없어졌거나 외면하거나 이런 것도 아냐. 걸리지 않는다는 거지. 자연스레 내 몸을 뚫고 흐르는 공기 같은 것이 된 거야. 죽음이 내 행동을 방해하지 않고 죽음이 없어야 할 이유도 없는 거야. 죽음의 메커니즘과 자연스레 하나가 되면 내게 전혀 문제되지 않는다는 말이야."

근거 없는 오만, 그 이상도 이하도 아니었다. 자신과 죽음이 서로 걸림 없이 자유롭다고? 추측컨대 장자의 어느 한 구절을 인용하면서 그 자리에 다른 단어를 채웠을 법한 이야기였다. 죽음의 문제 어쩌고 하는 것보다 차라리 남에게는 들리지 않는 다른 차원의 신호를 듣는다고 우기는 일이 더 귀염성뿐 아니라 진정성까지 있는 일이었다. 나는 이런 말도 안 되는 논쟁을 혐오한다.

"나는 아직 답을 못 들었는데? 적당한 운동과 금연, 그리고 네가 풀려 하는 죽음의 문제가 모순되어 있는데, 설명을 해야지?"

그는 오랫동안 말이 없었다. 차는 도시의 초입에 들었다. 그는 어설픈 친구가 강요하는 대답 대신 술이 있는 행사장이 먼저 다가오기를 바라고 있을 것이다. 나는 갓길에 차를 세웠다.

"왜 화장실이 급해? 다 왔잖아. 행사장에 화장실 있을 텐데?"

그는 마음이 급했다. 빨리 벗어나고 싶었을 것이다.

"내 질문에 대답 안 하면 나 여기서 그냥 집에 가려고."

그는 적잖이 놀란 표정이었다. 내가 잘 보여 주지 않던 이례적으로 강한 압박이었다. 더욱이 그는 빨리 술이 있는 곳에 도착해야 한다. 그는 억지로 얼굴에 웃음을 담기 시작했다.

"알았어. 대답할게 얼른 차부터 출발하자고!"

나는 아예 차의 시동을 껐다.

"별거 아닌 일로 왜 이러시나? 알았어, 이따가 집에 돌아갈 때. 믿었으면 해. 내가 가진 초능력적인 신뢰를!"

그러나 그 저녁에는 슬픈 술이 박혀 있으며

살짝 도를 넘은 상찬의 수사들과 쓸데없이 몰려다니는 박수들, 공허한 인사들, 껍데기만 수북하게 쌓이는 말들, 넘쳐나는 값싼 술들이 내리는 어둠보다 더 빨리 취기에 박차를 가하는, 뭐 이런 자리였다. 내가 이렇게 냉소적으로 표현할 수밖에 없는 이유는 그의 교활한 수작으로 내게 술이 허락되지 않았다고 의심할 수 있는 자리였기 때문이다. 애초에 내 차를 가져갔기에 내가 운전해 돌아오는 것이 자연스럽지만 여의치 않아 술을 마셔야 할 상황이 닥치면 대리운전을 이용할 수도 있는 것이 술자리의 상례이다. 물론 도시들 간의 경계를 넘는 대리운전 비용은 꽤 비싸다. 이번 경우는 한 4-5만 원 정도까지 예상할 수 있었다. 그리고 대리운전 비용이 발생할 경우에는 그가 부담해야 한다는 것이 상식이다. 그가 초청받은 행사이고 나는 그저 그를 운반하기 위해 온 행사이니까. 형편상 전액을 혼자 부담하는 것이 부담스러워 내게 도움을 청할 경우일지라도 그가 도의적으로 책임을 진다는 언사가 있어야 한다는 것도 일반 상식이다.

나는 그가 이 모든 상황을 예상하고 행동했다고는 생각하지 않는다. 아마 우연이었을 것이다. 그러나 의심스러운 정황이 없지는 않다. 그는 행사 초반부터 만나는 사람마다 과장으로 포장해 나를 소개했고 오늘은 이 착한 친구가 운전해 돌아갈 것이니 멀리서 온 자신에 대해 걱정하지 말 것이며, 그러하니 이 친구에게, 그러니까 나에게는 술을 권하지 말라는 당부도 잊지 않았다. 여기까지는 그럭저럭 이해할 수 있다 치더라도 돌아가는 방향이 비슷한 사람들 셋에게 집에 돌아가는 길에 태워 주겠노라고 자신 있게 약속까지 하는 것이었다. 그와 나, 그리고 술 마신 또 다른 셋이 차에 타면 대리 기사를 불렀을 경우에도 부리나케 달려온 기사가 탈 자리는 이미 없다. 답은 딱 하나, 내가 운전하는 것이다. 그가 알고 그랬다고는 생각하지 않는다. 그러나 의심까지 모두 지울 수 있을 만큼 속이 넓은 사람이 나는 못 된다. 또 나는 사교성이 그리 좋지 않은 데다 수줍음도 잘 타는 성격이어서 모르는 사람과 쉽게 친해지지 못한다. 이런 정신 상태로 버텨 내야 하는 술 마시지 못하는 술자리가 어떠했을지 내 손으로 묘사하는 일은 거울을 두고 자살하는 자신을 바라보는 일과 같다.

　돌아오는 길, 그와 나, 이렇게 단둘이 남기 위해서는 쭉 뻗은 간선도로를 대신해 크게 에스 자를 그리며 좁고 어두운 국도를 따라 세 곳에 세 명의 취객을 내려 주는 40분을 추가로 가져야 했다. 그는 내 차에서 내리는 취객들에게 큰소리로 인사를 하고는 마지막 경유지를 지나자마자 잠을 청하는 듯 보였다. 취기 때문만은 아닌 것 같았다. 그러나 취해 있기도 했다. 나는 물었다. 부드럽게.

　"오늘 있었던 모든 일들은 내가 모두 용서할게. 그래서 따지지 않을 생각인데 아까 했던 질문에 답은 해야지?"

이제 10여 분이면 동네에 들어간다. 나는 뭔가 보상을 받아야 했다. 그는 취했다. 어느 정도인지 확실치 않을 뿐이다. 그는 눈도 뜨지 못했다.

"응, 응, 뭐? 뭐어?"

"죽음의 문제를 해결하는 것과 네 건강 말이야? 무슨 관계야?"

"응? 뭔 소리야? 뭔 이상한 소리를 하고 그래?"

"아니, 낮에 했던 얘기?"

"뭐? 응? 우리가 무슨 얘기했었지?"

이 상황까지 거짓은 아니라는 생각이 들었다. 그는 취했다. 질문을 바꿔야 했다.

"무슨 이유로 그렇게 열심히 운동을 하신데? 김 시인?"

"히, 시인은 뭐! 나는 그런 소리 듣고 싶지 않아. 나는 사람이야, 그냥."

"알았다. 다시는 그렇게 부르지 않을게. 그런데 운동은? 담배는 왜 끊었대?"

그는 눈을 뜨지 못했다. 발음도 꽤 꼬여 있다.

지금 그를 장악하고 있는 것은 그의 무의식이었다

"히, 그거! 히, 우리 애 엄마가, 그러니까 내 아내지! 예전에는 예뻤던 그 아내가 시켰어. 아, 뭐, 내가 시킨다고 다 하는 사람은 아니지만, 아 뭐, 가끔 잠자리는 해야지. 안 그러면 아예 자기 근처에도 못 오게 한다니 뭐 방법이 있나? 해야지. 야, 그리고 너도 운동해.

건강에 좋아. 그리고 술이 더 맛있어! 푸우."

훌륭하다, 시인이여.

이 사안에 대해서는 더 할 말이 없다. 그러나 그가 해결했다고 떠들었던 죽음의 문제에 관해서는 짚어 봐야 한다. 그가 밝힌 죽음에 대한 자세와 그가 몸으로 느끼는 죽음에 대한 공포가 어떻게 다른지 알 수 있는 시가 한 편 있다.

시 밤을 등지고 왼쪽으로

툭툭 끊어지는 발걸음으로 미열의 염증이 다가오는 쪽
죽음은 오른쪽에서 온다

폐에 쌓인 오랜 들숨들 틈
결 거친 울음이 태어날 때
저기 고개 돌려 바라볼 수 없는 오른쪽에서
죽음은 온다

온전히 하나 죽음을 완성하기 위해
날숨에 엉킨 작은 죽음들 퇴적되는 동안
시간은 점점 저음으로 흘러 주름으로 고이고
숨들은 멀어져

안개에 숨어 새벽을 건넌 죽음이 마을에 고이자
시간은 수챗구멍에 몰려 썩기 시작하고

절름거리는 머리를 달래며

무릎 꿇고 돌아앉아 쫓기듯 파정(破精)할 뿐

누구도 돌아보지 못한다

돌아오지 말라고 내 두 발 가지런히 묶던 냉기 사이로

하나씩 하나씩 신경을 잘라 내며 다가오는

저 맨발의 굽 소리가 나를 겨눈 것이라면

죽음은 옳은 쪽에서 온다

밤을 등지고 왼쪽이면 밤을 마주할 때 오른쪽이다

  이 시는 죽음이 오는 방향이 오른쪽이기도 하고 옳은 쪽이기도 하다고 말하고 있다. 이상하게도 영어의 'right' 또한 '옳은, 올바른'이라는 뜻과 함께 '오른쪽의'라는 뜻 모두를 가지고 있다. 죽음이 오는 방향이 오른쪽이고 또한 옳은 쪽이라는 이 말은 여러 해석의 가능성을 가지고 있다. 가장 먼저, 상식적이고 생활적인 해석에 따르자면 우리가 죽음이 옳다고 말할 때는 어느 틀린(wrong) 삶에 대한 응당한 죗값으로 판단하는 경우이다. 악인에게 가장 큰 징벌로 가해지는 부자연스러운 죽음은 옳다,라는 인과응보로 사용하는 죽음이다. 그러나 다소 유치한 이런 판단은 세계와 죽음의 속성을 추적하는 일에 일말의 도움도 주지 않는다.

  이 시에서 죽음이 오는 방향을 설정한 이유는 우선 우리가 사는 세계가 가진 비대칭성이라는 속성을 드러내기 위해서라고 보인다. 대개의 경우 어느 방향을 바라보고 숨을 들이마시더라도 우리는 거의 비슷한 양의 산소를 마신다. 우리를 둘러싼 공기가 품은 산소의 농도가 일정하다는 말이다. 이것이 방향 대칭성이다. 우리는 우리를 둘러싼 환경을 생각할 때 무의식적으로 대칭적이라고 생각하는 경우가 많다. 그러니까 죽음이 올 때 전방위에서 한꺼번에 덮치는 것이 아니라 한 방향에서 온다고 설정했다면 죽음이 가진 비대칭성을 말하려는 의도일 것이다. 이제 비대칭성이 어떤 특징을 가지는지 따져 볼 필요가 있다.

먼저 시간의 문제이다. 옆에 누워 텔레비전을 보던 배우자가 시원하게 방귀를 뀌었다. 변비로 오랜 시간 장 안에 머물면서 단련된 가스는 무척 강하다. 당신은 어느 방향에서 가스가 오는지 금방 알아챌 것이다. 다음 순간 코를 쥐고 반대 방향으로 도망가거나 호흡을 멈추고 진원지를 향해 일격을 가할 수도 있다. 비대칭성이다. 그러나 시간이 지나면서 가스는 모든 공간에 고루 퍼져 모든 방향으로 일정한 농도를 가진다. 대칭으로 흐르는 것이다. 이 사건으로 미루어 보아 비대칭성은 원인과 결과가 뒤섞여 사라질 만큼 충분히 시간이 흐르지 않은 효과이다.

다음은 공간의 문제이다. 해는 한쪽에 있다. 그래서 우리 얼굴은 밝게 빛나는 부분이 있는가 하면 얼굴의 절반을 그림자로 채우기도 한다. 이 비대칭은 공간적으로 한쪽에 확실한 원인 덩어리가 자리 잡고 있는 경우이다. 이렇게 두 가지의 경우로 비대칭의 원인을 따져 보았지만 사실 시간과 공간은 한 몸이다. 그래서 두 경우 근본적으로는 같은 현상이다.

이제 이 결론을 죽음에 대입해 보아야 한다. 시의 선언대로라면 우리에게 죽음은 방향을 가진 확실한 원인이나 결과로 존재하며 아직 선명하게 그 구분이 살아 있는 것이다. 그렇다면 죽음은 특정한 과정이라고 볼 수 있다. 비대칭에서 시작하면서 대칭을 향하는 과정.

죽음을 실체로 느껴볼 수 있는 가장 확실한 방법은 몸 안에 생생하게 살아 움직이는 통증과 마주하는 일이다. 툭툭 끊어짐으로 염증이 다가오고 들숨들 사이에 울음이 자라고 있다. 또 날숨에는 뭔가 퇴적되고 있으며 시간이 침전하는 곳에 숨들은 주름으로 고인다. 점차 죽음이 완성되는 듯하다. 이런 부분을 읽으면서 나는 그가 죽음과 자연스레 공존하는 상태에 이르러 죽음의 문제를 해결했다는 주장에 동의하지 못한다. 이런 언술의 근저에는 죽음에 대한 공포와 처연함, 그리고 붙잡고 놓지 못하는 욕망에 대한 그리움들이 짙게 묻어난다. 물론 인간적이고 미학적인 시의 진행이라고 할 수 있지만 그가 주장했던 죽음과 나누는 초월적 공존과는 거리가 있다. 하여간 이 정도의 죽음은 아직도 어느 수챗구멍으로 흐르는 어두운 것이다. 방향을 가진 비대칭이다.

고대 이집트에서는 죽은 자의 발을 묶었다. 다시 돌아오지 말라는 당부였다. 한 방향만을 허용하는 이 특성이야말로 가장 근원적인 비대칭이다. 우리는 알고 있다. 죽음은 돌아오지 않는 것이다. 한쪽에서 다가와 또 어떤 한쪽으로 떠난 후 돌아오지 않는다. 아마도 이것이 옳은 것이리라.

그러나 나는 짐작한다

그가 죽음이 오른쪽, 또는 옳은 쪽에서 온다고, 마치 신탁이라도 받은 무당처럼 과장과 협박을 섞어 소리치는 원인들 중 하나는 그의 초능력스러운 땀에 있다는 사실을.

그는 땀 흘리는 일에 있어서는 발군의 초능력자이다. 그와 같이 뜨거운 짬뽕을 먹어 본 사람이면 그의 능력에 감탄하지 않을 수 없다. 식당에 비치된 휴지로는 감당할 수 없어 아예 수건을 한 장 들고 다닌다. 그가 후루룩(이런 이유에서 생긴 버릇인지 그는 먹는 속도가 엄청 빠르다) 짬뽕 한 그릇을 해치우는 동안 수건은 자신의 저수량을 넘어서 외부 압력이 없이도 흡수한 땀을 줄줄 흘려보낼 정도이다. 이런 현상은 계절과는 거의 무관하다. 계절에 따라 땀의 양에 변화가 있을 수는 있지만 결과적으로 흠뻑 젖는 결과는 매한가지다. 이것은 마치 물놀이를 하고 나오는 사람의 몸에 묻은 물의 양을 따지는 일과 같이 의미 없다.

하여간 음식점 사장들은 대개 기쁜 마음을 감추지 못한다. 자신이 제공한 음식이 얼마나 맛있었으면 저렇게 열심히 먹고 또 땀을 흘렸을까, 감탄하기 마련이다. 그러나 이 또한 긴 달리기를 끝내고 숨을 헐떡거리는 사람을 보면서 자신의 음식에 대한 감탄사로 보는 일과 틀림이 없다. 그의 몸은 그저 본능적으로 흘릴 뿐이다.

그런데 그가 땀을 흘리는 패턴을 보면 상당히 이상하다. 그가 땀을 흘리는 과정에 돌입하고 상당한 시간 동안은 머리의 오른쪽 반구에서만 땀을 흘린다. 그가 머리를 빡빡으로 밀고 지내는 여름철 동안 그가 땀을 흘리는 모습을 바라보고 있으면 하찮은 능력일지언정 진짜 초능력자를 보고 있는 기분이 든다.

크고 둥글고 커다랗고 시커먼 머리 하나가 있다. 살짝 초점 나간 두 개의 눈동자는 서로 다른 곳을 보는 듯 긴장감 없이 풀어져 있지만 이들을 붙잡고 있는 것은 째진 눈매이다. 민머리로 밀고 나서 1주일 정도 지나면 머리카락이 1㎝ 가까이 자라 있다. 한마디로 정리하면 인상 더러운 동네 아저씨이다. 권장할 일은 아니지만 이제 땀 흘리는 그의 얼굴을 마주 보며 관찰해 보자. 수확을 끝낸 미나리 밭에는 미나리의 밑동만 남아 있다. 찰박찰박 물이 차 있는 미나리 밭을 떠올려 보자. 둥근 그의 머리는 전체가 짧은 머리카락으로 덮여 있다. 시간이 지나면서 그중 오른쪽 반구에서만 물이 차오르기 시작한다. 물 찬 미나리 밭처럼. 머리의 구조상 물은 고이지 못하고 흐르기 마련이다. 그러나 적지 않은 시간 동안 머리카락들은 물이 가진 표면장력과 힘을 합쳐 차오른 물을 머금고 있다. 그러다 임계치에 이르는 순간 물은, 아니 땀은 폭발적으로 그의 오른쪽 얼굴을 타고 흘러내리기 시작한다. 조금 과장하자면 거대한 바가지에 물을 담고 있다가 순식간에 물을 쏟아 사람들을 즐겁게 하는 물놀이장이 떠오르기도 하고 17대 1의 혈투를 벌이던 주인공이 상대방의 흉기에 오른쪽 머리를 딱 한 대 맞았던 장면도 떠오른다. 오른쪽 얼굴은 붉은 피로 범벅이 되어 있는 상태로 여자 주인공을 구하기 위해 달려가는 주인공의 얼굴. 만약 땀이 붉은색이라면 그의 얼굴이 그렇다는 얘기이다. 물론 그는 안면 구조는 많이 다르고 특정한 극의 주인공도 아니며 여자를 구해야 할 상황도 없겠지만.

그가 죽음이 오른쪽에서 오는 일은 옳다고 주장한 배경에는 이런 그의 몸 상태가 있지 않았을까 추측해 본다. 물론 이 얘기는 '아니면 말고' 종류의 한담이기에 그의 눈에는 띄지 않았으면 싶다.

그가 보이는 초능력적 행동의 배경을

동네에 서는 7일장에서 물었다. 7일장이라고 하면 산 아래 펼쳐진 시골의 장을 떠올리는 사람이 대부분이겠지만 우리가 사는 지방 소도시에도 장이 선다. 아파트 사이 넓은 도로 옆 인도에 서는 다소 모던한 이 장은 기역 자로 꺾이며 거의 1㎞ 가까이 이어진다. 내용은 다른 장과 크게 다르지 않다. 제철에 나는 온갖 채소와 과일, 각종 약재, 어패류, 꽃무늬 팬티에서 몸뻬와 명품(?) 외투까지. 또 반찬, 찌개, 뻥튀기, 떡볶이에 이어 우리 같은 중년의 아저씨들이 주목하는 품목은 역시 안주류다. 그중 현장에서 족발을 삶아 파는 집이 두세 곳 되는데 약간 외곽에 자리 잡은 족발집 천막은 야외용 테이블을 두어 개 놓아 그 자리에서 먹고 갈 수 있는 유인책까지 갖추었다. 이는 주로 중장년의 아저씨들을 위한 자리이다. 8천 원짜리 족발 한 접시에 딸그락거리며 근처 가게에서 소주 몇 병 사오면 푸짐한 낮술 한 상이 마련된다. 너무 밝아 얼굴 디밀기도 창피한 초여름 햇살을 피해 그와 나도 족발 한 상 앞에 앉았다.

"웬일이신가? 한낮에."

"전에 얘기하지 않았나? 예술은 다른 세계로 떠나는 여행이라고. 여행! 다른 겹의 세계로 떠나는 여행. 오늘은 이 밝음을 배경으로 예술 대신 낮술을 이용해 천천히 변하는 세계를 바라볼 기회를 주는 거지. 후유증이 없지는 않지만 이만큼 흥미로운 일도 드물지."

"후유증?"

"자극적인 경험이어서 술자리가 밤까지 이어지는 경우가 많은데 그 후유증은 보통 다음 날 하루로 보상하면 돼. 그냥 누워 있는 거지."

낮술로 시간을 채우기 시작하자 아닌 게 아니라 세상은 자극적으로 다가왔다. 맑은 햇살과 선명한 그림자, 뭔가를 들고 오가는 사람,

그들을 부르는 목소리들. 취기가 오르는 정도에 따라 이들 모두의 채도와 명도가 조금씩 변했고 그러면서 그들의 정체가 달라지는 것 같았다. 그때 그가 한마디 던졌다.

"초능력을 직접 목격할 기회를 한번 드릴까?"

비어 있던 옆 간이 테이블에 한 사람이 앉아 있었다. 아담하고 정갈한 이미지를 가진 오십 안팎의 여자가 포장되어 나오는 족발을 기다리는 중이었다. 전체적으로 깔끔하게 꾸민 세련된 분위기를 가진 여자였지만 지울 수 없는 무거운 그림자를 가지고 있었다. 여기에 평균 이상으로 긴장한 행동이 눈에 띄었다. 내 술기운 때문인지도 모른다고 생각하고 고개를 돌리는 순간 그가 여자를 향해 툭, 숟가락을 던지듯 한마디 말을 던졌다.

"부모님이나 부모님 같은 사람 중에 죽은 사람이 느껴지네요. 가까이에서."

놀랄 만한 일이었다. 그는 평소 모르는 사람과 내외가 깊은 편이어서 쉬이 말을 트지 않았던 터인 데다가 지금 상황은 자칫 낮술에 취한 아저씨들이 한 여자를 희롱하는 모양으로 비칠 수도 있었기 때문이다. 아니나 다를까 탁자 위의 손가방을 가슴 쪽으로 바짝 당기며 몸을 반쯤 돌려 앉는 여자의 얼굴에는 긴장과 경계심이 요동쳤다. 그러나 뭔가가 붙잡힌 듯 쉬이 일어나지도 못했다. 대답이 돌아왔다.

"예?"

"저는 두 번 얘기 안 합니다."

"저한테요? 가까이서 뭐가 느껴진다고요?"

이건 무슨 수작인가? 말려야 한다고 생각했지만 나도 입이 떨어지지 않았다. 그런데 무례를 저지르고도 그가 아무 말도 하지 않자 여자가 다시 물었다.

"뭐 하는 분이세요? 그분이 지금 보인다고요?"

"아뇨. 그냥 느껴집니다."

"우리 엄마가 여기 계세요? 얘기를 꺼냈으면 말을 하셔야죠."

그가 아무 말도 하지 않자 여자는 일어나 포장된 족발을 받아 계산을 하고 나서 주춤 몇 번을 고민하다 다시 돌아왔다. 그리고 간이 의자를 끌어와 그와 가깝지도 멀지도 않은 거리에 자리를 잡았다.

"아저씨, 누군가 보이는 거죠? 얘기해 보세요. 엄마가 뭐라고 하시나요? 지금도 가까이 계시나요?"

"안타까워하시네요. 같이하고 싶고 나누고 싶었던 일이 많았는데 미안하다고. 그리고 무릎에 난 상처는 어떤지?"

여자의 얼굴은 거의 폭발할 지경이었다.

"엄마는 선생님이셨어요. 저도 선생님이 되고 싶었어요. 결혼 전인데 엄마는 내가 선생님으로 출근하는 모습을 보지 못하고 돌아가셨어요. 아버지는 아픈 엄마를 돌보지 않았어요. 저는 아버지가 보기 싫어서 그냥 바깥으로 돌았어요. 엄마하고는 같이 교단에 서고 싶었는데. 아, 그리고 상처는 이제 거의 보이지 않아요. 엄마가 많이 마음 아파했었는데."

"당신한테 두려워 말라고 하네요. 두려워 말고 하고 싶은 일을 하라고."

여자는 급기야 어깨를 들썩이며 눈물을 찍어 내기 시작했다. 그러나 아주 이성적이고 절제가 강한 생활 습관을 가지고 있는 사람인 듯 곧 진정하고 슬픈 표현을 아꼈다.

"엄마는 교장이 되기 직전에 학교를 그만뒀죠. 그때 건강이 아주 나빠졌어요. 그래서 그런지 저는 평교사에서 벗어나는 일이 두려워요. 아플 거 같아요."

"그러지 말라고 하시네요. 도전해 보라고."

"사실 최근에 더 큰일을 할 기회가 왔어요. 혼자 고민하고 있었죠. 이 동네에 아버지가 혼자 사세요. 내일이 엄마 기일인데 제사는 내가 모시더라도 아버지 잠깐 뵙고 가려고 왔어요. 긴장이 되었어요. 아버지를 본다는 게. 그런데 엄마…."

"조금만 더 기억하다가 자연스럽게 잊으라고, 그리고 그 물건들 이제 처리하라고요. 가지고 계신 거."

그는 정말 누구에게 들은 얘기를 하듯 자연스럽게 말을 했고 또 천연덕스럽게 말을 끝냈다. 그러자 여자는 다시 울기 시작했다.

"엄마가 물려받아 내게 건넨 패물이야 그렇다 치고 엄마 옷가지들을 못 버리고 가지고 있었는데."

여자는 다시 진정했다. 그리고 매무새를 만지며 일어섰다.

"어디에 계시는지 알려 주시면 다음에는 여러 가지로 준비해서 찾아뵙고 인사드릴게요."

"아뇨. 당신 어머니 때문에 생긴 그냥 지나는 인연이라고 생각하세요."

"초면에 실례가 많았습니다. 그리고 고맙습니다. 오늘 얘기는 잊지 못할 겁니다."

실례는 그가 했고 따귀라도 맞을 상황이었지만 오히려 인사를 받고 고맙다는 말까지 들었다. 나는 한참 동안 질문 대신 그를 바라보았다. 그는 돼지 발톱을 들고 뜯기 시작했다.

"뭐야? 정말 심령술사라도 된 거야?"

그는 소주잔을 들어 입에 대었다. 잠깐 입꼬리 사이로 웃음이 흘렀다.

"내 초능력 아직도 못 믿는 거야?"

"그럼 지금 내 뒤에 누가 있어? 말해 봐."

그는 갑자기 놀란 눈으로 내 뒤를 바라봤다.

"족발 사장님!"

잔이 몇 순배 더 도는 동안 나는 골똘히 생각했다. 몇 가지 질문들은 사실 일반적인 것이었다. 누구나 자기 일로 생각할 수 있는, 그런데 또 몇 가지는 알 수 없었다. 내가 무슨 생각을 하는지 잘 알고 있다는 듯 그가 입을 열었다.

"무릎에 상처 한번 안 나 본 사람이 있나? 나이가 들면 누구나 가까운 죽음이 있고 그 사람의 물건을 가지고 있지. 사이킥 리딩이라는 거야. 물 수밖에 없는 미끼를 던지는 거지. 그러면 나머지는 알아서 얘기해. 무너지면서 풀어놓는 거지. 중요한 것은 그렇게 혼자 치료한다는 사실."

"이런 건 또 언제 배웠나?"

"나 이것저것 많이 했어. 아직도 몰랐나?"

아니나 다를까, 우리는 언제인지 모르게 돈가스 안주를 사이에 두고 생맥주집에 앉아 있었다. 그날은 돼지의 여러 부위가 그와 나 사이를 이어 주고 있었다.

그리고 그는 털어놓았다

112

주머니 속에서 꺼낸 남은 족발 조각들과 함께 자신이 살았던 얘기들을 그는 풀어놓았다. 마치 조금 전 그가 한 여자를 읽어 냈듯 몇 잔의 술이 그에게 미끼를 던지고는 사이킥 리딩을 하는 것 같았다. 내 일은 그저 멍하게 앉아 맥주를 홀짝거리며 듣는 것이었다. 나에게는 참 익숙한 일이었다.

술자리의 언사가 그렇듯 대부분의 내용은 지루하고 극히 사적인 것이라 직접 옮길 필요가 없는 것들이지만 그의 얘기를 들으면서 떠오른 생각은 꽤 가까운 사이의 사람들도 의외로 서로의 역사를 모르고 산다는 점이다. 먼저 그의 대학 생활이 그렇다. 그는 인간이 할 수 있는 가장 가치 있는 일은 우주의 비밀을 하나씩 알아 나가는 일이라는 사실에 조금도 의심이 없었다. 그래서 물리학과를 마음에 품고 당시 대학 시험인 학력고사 점수를 받아 놓고는 대학 배치표를 펴 각 대학 물리학과의 입학 점수를 쭉 따라 내려오다가 자신의 점수와 딱 걸리는 대학에 원서를 냈다. 그는 마지막 합격자로 대학에 붙었다. 그러니까 다음 해 그 학과의 커트라인으로 발표된 점수가 바로 그의 것이었다.

그렇게 들어간 대학 생활은 예비 주당에게는 풍요로운 것이었고 우주의 궁극을 파헤칠 물리학도로서는 비참한 것이었다. 캠퍼스는 술이 흘러넘치는 풍요로운 땅이었으며 또 눈물 없이는 교정을 나설 수 없는 비극의 땅이었다. 1986년은 신 군부 출신 전 모 씨가 대통령 자리에 앉아 있던 시기였고 다음해 6.10 항쟁과 6.29 항복까지 쭉 이어지는 혼돈과 눈물의 시기였다. 물론 이후부터 지금까지도 역사는 정말 어렵게, 작은 보폭으로 나아갔지만 그의 개인적인 역사 또한 어렵게 흘렀다.

물리학은 그에게 쉽게 곁을 내주지 않았다고 한다. 그는 늘 강의실 창밖에서 터지던 최루탄 탓을 했지만 그가 자꾸 수업을 빠지기 시작한 이유는 잘 따라가지 못한 수학이라는 언어 때문일 것이다. 물리학의 가장 효과적인 언어는 수학이다. 언어는 학문의 기본이다. 고로 그는 물리학에서는 말을 더듬는 아이로 뒤쳐지고 있지 않았을까, 이런 삼단논법이 가능하다. 이 시점에서 그는 주장했다. 공부 못하는 학생도 대학을 구성하는 요소 중 하나라고.

결론을 말하자면 빠른 학생은 석박사까지 끝낼 수 있는 9년 동안 그는 학부 하나만을 끝내는 초능력적 대학 생활을 완성한다. 이 기간 안에는 군에 복무한 3년이 있고 글을 쓰겠다고 학교생활을 작파하고 떠나 있던 2년이 포함된다.

돈 안 버는 여러 가지 방법을 뒷받침하는 초능력적 배경에 관해

그 또한 많은 일을 했다며, 마치 나만 몰랐던 사실처럼 말했다. 그의 과거가 아니라면 조금 힘들게 산 이 시대 보통 사람의 것과 다를 바 없는 평범한 개인사이지만 그의 것이라고 스스로 털어놓자 약간 비극적인 분위기의 이야기로 변신했다. 대낮임에도 불구하고 어두컴컴한 생맥주집의 분위기 때문일 수도 있고 그의 초능력적 과장 능력에 내가 맥없이 끌려다닌 탓일지도 모른다.

그 또한 졸업과 동시에 취업을 준비해 보았지만 그가 가진 능력과 영리를 추구하는 회사가 원하는 능력은 많이 다른 곳을 향하고 있었다. 그 와중에 친구의 소개로 IT 분야 중소기업에 근무한 적이 있었지만 결혼 후 얼마 되지 않아 그만둔다. 채 1년을 채우지 못했다. 안정된 결혼 생활을 꿈꾸던 그의 아내가 쏟아 냈던 낙담과 질타는 헌법 정신에 부합하는 당연한 임무였다. 그때 그가 회사에서 공식적인 축의금을 받은 일은 참 다행이라며 아내를 위로했다는 말은 차마 옮기기 부끄럽다.

그 이후로 그는 다시 글을 쓰겠다고 방구석에 터를 잡은 백수 시절을 거쳤고 생활고에 내몰려 기술 없는 육체노동의 시간을 통과했으며 트럭과 오토바이로 배달 일을 하다가 한동안 아이들을 가르치기도 했다고 한다.

"그때에는 글 쓰는 일로만 먹고사는 게 삶의 목표였지."

그는 스스로 비장했다. 그의 비장이 깊어질수록 비어 나가는 생맥주 잔의 수도 늘어 갔다.

"여기저기 뒤져 보면 문학이 아닌 곳에서 글의 수요가 조금 있더라고. 말 그대로 노동이지. 그 와중에 시로 등단이란 것도 하고 삼십 대 중반이 넘어가면서 글 쓰는 일로 빠듯한 생활비 정도 벌었지만 그마저도 흥미가 떨어지면서 재미없는 글쓰기는 하기 싫어졌어. 그렇잖아? 그치? 언제부턴가 내가 쓰고 싶은 글만 쓰면서 사는 게 목표가 되어 있더라고."

그는 버릇처럼 나를 자극하고 있었다. 지금도 시를 제외한 모든 글을 쓰는 나에게 시만 쓰는 삶으로 점점 수렴해 온 자신의 개인사가 마치 정답인 양 비장하게 으스대는 것이다. 최소한 내게는 그렇게 보였다. 순간 척수반사처럼 한마디 말이 튀어 나갔다.

"빈곤하게 사는 일이 정답은 아닐 텐데."

자신의 개인사에 편안하게 녹아 있던 그는 의자의 등받이에서 상체를 일으켜 테이블로 바짝 다가왔다. 흐릿했던 눈에는 없던 총기와 독기가 차오르고 있었다.

"존재와 존재 사이는 어떤 끈으로도 연결되어 있지 않아. 그것을 신성한 독립 상태라고 해. 나는 그렇게 믿어. 아무것도 없는 거야. 유일하게 있다면 그것은 생존을 목적으로 하는 활동이야. 부모 자식 사이에 있는 끈끈한 연결은 생존을 담보하기 위해 주고받는 채권, 채무의 관계야. 사람과 사람 사이에 실제로 연결이 없다는 말은 반대로 무한한 정신적 유대를 가질 수 있는 가능성이기도 해. 알겠어?"

나는 아무 말도 하지 않고 바라보았다. 정신도 몽롱하려니와 그가 저렇게 불꽃처럼 핏발이 타오를 때에는 방치하는 일이 가장 효율적인 진화 방법이라는 사실을 잘 알고 있기 때문이다.

"세상을 잘 바라봐. 아무것도 없어. 돈은 뭐지? 자본은 뭐야? 주식은? 계좌에 적혀 있는 숫자가 돈인가? 은행에 있는 서버 몇 개 다운되어 숫자로 적힌 기록들이 날아가면? 돈이 날아간 거야? 실재하지 않는 거야. 그냥 허공에 손가락으로 쓴 허약한 약속이야. 서로 그렇게 믿자는. 종교하고 같은 거지. 믿음은 없는 것도 있는 것으로 느끼게 해. 권력은? 진짜 있는 거야? 실재하는 권력이 있나? 그래서 목에 칼이 안 들어갔나? 그냥 그래, 이렇게 믿어 주거나 사기를 쳐서 믿게 만드는 거지. 아무것도 없어, 이 세계는. 딱딱하게 만져지는 물질조차 실제로는 허공이야. 우리에게는 생명의 시작부터 DNA에 새겨진 생존의 의무만이 남아 있지. 그러나 인간은 이제 그것마저도 무화시킬 수 있어. 스스로 죽을 수도 있잖아? 이성적인 자살까지 등장한다면 세계는 진정 아무것도 없는 거지."

"아무 의미 없는 말이지."

내가 한 이 말은 그저 쓸데없는 주사라는 뜻이었다. 그러나

"맞아! 바로 의미론의 시작이야."

일은 커졌다. 그는 생맥주 500cc의 절반을 단숨에 들이켰다. 퉁퉁한 얼굴이 더 커지면서 눈 안의 화염도 덩달아 커지고 있었다.

"의미라는 것은 생존 이후에 만들어진 거야. 없던 것을 인간이 만든 거지. 우리가 깊이를 알 수 없는 크레바스 앞에 섰을 때 한 발 뒷걸음질 치게 만드는 것이 생존의 본능이라면 이 본능에 정당성을 부여하고 생에 접착제 역할을 하는 것이 의미라는 발명품이야. 근거가 부족한 생이 떠드는 변명 같은 것이니까 결정적인 순간에 무기력하지."

그의 얘기는 길었다. 전부를 들을 필요도, 기억도 없을 만큼 길었다. 따라서 취기를 덜어 낸 후 정리, 요약한 것으로 대신하여 모두의 인내심을 보호하고 그가 돈 안 버는 배경에 빨리 다다르기로 한다.

그가 가진 근본적인 세계관은 이렇다. 우리는 모두 검은 물속에 떠다니고 있다. 우리를 둘러싼 검은 물은 태고의 어둠이자 침묵이다. 그곳에는 인간이 자의적으로 만들어 낸 의미라는 것이 끼어들 자리는 없다. 무의미가 가리키는 것은 의미의 반대가 아니라 의미가 아닌 모든 것을 뜻한다. 이 상태에서 유전자에 각인된 임무, 환경에 더 잘 적응할 수 있는 후손을 만들고 후손이 독립해 새로운 후손을 가질 환경을 만들 때까지 최선을 다한다. 그러니까 필사적인 개인의 생존은 자신이 속한 종 전체의 생존을 구성하고 있는 것이다. 모든 생명은 이 과정에서 돌아보거나 멈칫거리지 않고 그저 돌진한다. 그리고 낱개의 생명은 이 생명의 순환이 한 번 끝나기 전에 수명을 다한다.

현대사회에서 인간이 물리적 생존을 위해 쏟아야 하는 노력의 강도는 50년 전과 비교해 봐도 현저히 줄었다. 그리고 이와 함께 인간의 수명이 길어지면서 문제가 발생한다. 피 튀는 생존의 전선에서 한 발짝 물러서 안도의 숨을 내쉬는 순간, 그러니까 거대한 검은 바닷속에서 두리번거리며 한순간 물안경과 호흡기를 벗어 버린 인간에게 자신을 둘러싸고 있던 검은 물이 눈, 코, 입으로 들이닥치는 것이다. 이제 거대한 무의미와 허망을 온몸으로 감당해야 한다.

삶에 의미가 있다는 환상은, DNA라는 홀로그램이 투사한 이 환상은 행복감이라는 특정한 감정 상태를 발명해 인간 개체를 삶에 들러붙어 있게 만드는 강력한 접착제로 완성된다. 그러니까 인간의 손으로 나중에 만들어 낸 의미라는 제품이 현실에서 감출 수 없이 드러나는 무의미와 허망을 가리면서 독실한 믿음으로 한 생을 견디게 만드는 것이다.

자 이제 거의 다 왔다. 그의 마지막 논리는 이렇다. 의미가 인간이 발명한 접착제라면 노동은 순간순간 닥치는 무의미의 형상을 흐리는 강력한 마취제라는 것이다. 노동은 생존에 복무하는 일이다. 이때 노동은 신성하다. 그러나 생존 밖의 영역에서도 노동은 신성할까? 몇 발짝 양보해 생존이라는 종교에 따라 신성하다면, 이 믿음을 증명하려면 삶이 신성해야 한다. 그러나 그에 따르면 삶은 기실 무의미의 바다에서 발버둥 치는 일과 다르지 않다. 이 본질이 좋거나 나쁘다는 판단이 아니라 세계가 원래 그렇다는 말이다. 삶이 의미를 가진다는 가정은 본질적인 것이 아니며 노동이, 일이 생존에 몰두하게 함으로 근본적인 무의미를 외면하게 만들고 왜곡된 형상을 제공하는 환각제로 작용한다는 것이다.

결론은 이렇다. 그가 일을 열심히 해서 돈을 벌고 이 세계에서 물질적으로 풍성한 삶을 사는 일은 그에게 다가온 세계의 비밀을 배신하는 일이라는 것이 그의 주장이다. 그가 이 세계에서 적극적으로 돈을 안 버는 자세는 무의미한 세계의 속성을 깊게 수긍하고 인간이 만든 작위적 의미와 싸우기 위해서이다. 이것이 웬만하면 일을 안 하는 이유이다. 자세히 기억나지 않지만 아마도 나는 이런 말을 했을 것이다.

"가족들이 너의 그 칙칙한 세계관 때문에 고생해야 하는 이유도 준비해야 할 걸? 이혼당하거나 자식을 적극적으로 부양하지 않는 파렴치한 아빠가 되기 싫으면."

그는 아마 이렇게 답하지 않았을까 추측된다.

"세계가 보여 주는 거대한 진실과 마주하기 위해 인간이 치러야 하는 대가치고는 이 정도면 아주 미미한 거야."

아마도 나는 그 대가로 술값을 치렀을 것이다.

그리고 우주의 시공간에 관해

"폼 좀 잡고 말하자면 그리 길지 않은 내 인생은 조금씩 덜어 내면서 하나로 수렴해 온 과정이라고 말할 수 있지만 뭐 네가 어떤 욕을 할지 충분히 짐작이 가네. 그래서 좀 더 폭넓게 살았을 때 썼던 글 하나 보냈어. 이 글은 목적이 확실해. 우주 탄생에서 시작해 지구의 탄생과 진화에 이르는 짧은 알레고리야. 요즘 말로 하자면 동화적 빅 히스토리이지. 그게 가능해? 이렇게 묻겠지만 나름 가능했지. 아이들만을 위해 쓴 것도 아니고 효과적인 전달 방법을 찾기 위해 쓴 거라고 할 수 있어. 어제는 너나 나나 여러 무리가 있었지만 잊어야지? 그렇지? 빅 히스토리와 빅 무의미를 읽으며 잊어 보게나. 동지!"

당황스러운 아침이었다. 전화벨이 울리고 다짜고짜 누군가 혼자 떠들다가 또 자기 마음대로 끊어 버린 아침이었다. 그리고 이메일을 확인하라는 메시지가 왔다. 우리 우주를 꿰뚫는 가장 짧은 글이 지금 내 메일함에 있다고.

과학동화 어둠과 빛, 그리고 파란 하늘의 신화

아주 먼 시간 건너, 아니 시간이 태어나지도 않았을 즈음 케이오라는 정령이 있었다. 모든 물질과 물질 아닌 것들이 모양 없이 뒤섞인 채로 물결의 아른거림처럼 떠도는 우주가 케이오의 몸이었고 우주의 끝을 휘감아 도는 미지의 강 건너 어두운 바깥이 그의 정신이었다.

케이오는 비스듬히 누워 있었다. 그녀를 받치고 있는 땅은 어떤 이유도 기다림도 없는 영원의 벌판이었다.

케이오의 눈은 허공의 깊이를 가지고 있었다. 그렇기에 한 번도 뜬 적 없는 그녀의 검은 눈은 모든 것을 보았다. 또한 가늘고 긴 손가락에는 영원의 무늬가 새겨져 있어 움직여 헤아리는 일 없이 전부를 알았다. 어둠의 타래에서 방금 뽑아 올린 명주실 같은 머리카락은 한 번도 나부끼지 않았지만 모든 느낌 또한 그녀의 것이었다. 아주 오래된 죽음의 품속처럼 그윽한 만족으로 가득한 풍경화였다.

그런 어느 순간 가을바람을 닮은 움직임이 있었다. 케이오가 미처 몰랐던 냄새를 가진 움직임은 케이오의 콧속으로 작지만 아주 밝은 씨앗 하나를 불어넣었다. 영겁의 한마디가 부러지는 소리는 침착하게 구석구석까지 울려 퍼졌다.

케이오는 자신의 자궁 안에서 작고 흰 씨앗이 꿈틀거리기 시작한 것을 느꼈다. 그러자 그녀는 갑자기 오한이 일었고 여태껏 알지 못하던 외로움이라는 감정에 괴로워하기 시작했다. 평화롭던 케이오가 미간을 찡그리자 모든 물질과 물질 아닌 것들에 아픔이라는 색이 배어들기 시작했다.

케이오는 방금 전의 바위처럼 꿈적 않는 평정의 상태로 돌아가려 노력했다. 그러나 자궁 속의 씨앗은 계속 꿈틀대며 커지고 있었고 그럴수록 외로움의 구름은 점점 더 짙게 케이오를 휘감고 있었다. 그녀는 아픔을 사랑하기 시작했다.

케이오는 불끈 눈을 떴다. 그러자 모든 것이 진동하기 시작했다. 태초가 다가왔다고 말하지 않았지만 모두가 알았다. 케이오는 바로 누워 그 밝은 씨앗을 낳으려 힘을 주기 시작했다. 점점 커지며 심하게 두근거리는 씨앗을 느끼며 케이오는 다시 눈을 감았다. 암흑 말고는 아무것도 없었고 분간할 수 없이 모든 것이 뒤섞여 있었다. 없던 것들이 혼돈의 이름으로 생겨났다. 그것들은 혼돈이라는 질서 아래 낱낱이 자신의 갈래를 만들고 있었다.

그 제일 앞에는 케이오의 외로움이 있었다.

드디어 거대한 밝음이 터져 나왔다. 그렇게 케이오의 아들은 엄마의 골수와 심장에서 먼 가는 혈관들과 손가락 열두 개, 그리고 눈의 가장 밝은 부분의 정기를 훔쳐 태어났다.

그는 케이오가 이름을 부르기도 전에 자신이 쿠완이라고 볼을 타고 넘쳐흐르는 빛으로 말했다. 그는 힘차게 떨리는 손을 내밀어 엄마의 심장 위에 잠시 머물렀다. 그러나 곧 빛의 발자국을 남기는 쿠완의 발이 돌아서 떠나자 그의 뜨거운 손도 점점 멀어져 갔다.

이제 케이오 곁에 남아 있는 것은 자신을 바라보는 혼돈의 눈과 아들이 두고 간 점점 더 짙어지는 외로움뿐이었다.

쿠완은 케이오를 떠나 제일 먼저 자신의 몸속 깊숙이 한없이 빛나는 자신의 눈을 집어넣었다. 자신을 헤아리기 시작했고 분별없이 섞여 있는 것들을 가려내기 시작했다.

첫 번째로 관자놀이에서 시간을 꺼내어 힘껏 던졌다. 시간들은 비명을 지르며 모든 방향으로 날아갔지만 모두 거대한 케이오의 그림자 속으로 빨려 들어가 사라졌고 단 하나만이 쿠완의 눈에서 나온 빛을 타고 멀리 날아갔다.

그렇게 시간은 한 방향으로만 달리기 시작했다. 혼돈의 반죽에서 뛰쳐나온 빛은 자기의 길을 찾아냈고 그렇게 자유로워졌다.

쿠완은 점점 커져 갈수록 점점 텅 비어 가는 공간을 빛들로 채우게 했다. 그러기 위해서는 먼저 뒤섞여 있던 빛들에게 종류별로 각자가 다닐 길을 일러 주었다.

바로 그다음 순간 우주를 지배하는 네 가지 힘들이 차례대로 풀려나 흩어졌고 그렇게 각자의 공간을 휘어잡고는 똬리를 틀었다. 먼저 질량 있는 것들끼리 서로를 잡아당기는 힘인 중력은 제일 약하지만 가장 멀리까지 자리를 잡았다. 그다음 핵 안에서 제일 짧은 거리에만 미치지만 가장 강한 힘인 강한 핵력이 갈라져 나갔다. 세 번째는 강한 핵력보다는 약하지만 더 멀리까지 힘의 손을 내밀어 핵과 다른 핵자들을 묶어 주는 약한 핵력이 자신의 자리를 찾아 뛰쳐나갔다.

마지막으로 두 개의 극을 가지는 힘인 전기자기력이 자신을 다른 힘들과 구별했다.

그리고 쿠완은 공간을 조금씩 떼어 내 잘 뭉친 후 그의 배꼽에 넣어 간단한 물질들을 만들어 내기 시작했다. 그 간단한 물질들은 쿠완의 입김으로 멀리 퍼져 나갔다. 그것들은 외롭게 떠돌다가 다시 공간이 되기도 하고 공간의 골짜기에 하나둘 모여들어 서로를 꼭 부둥키고 떨어지지 않으려 애쓰기도 했다. 그것들 중 서로를 구별할 수 없이 가까워져 좀 더 복잡한 다른 물질이 된 것도 있다.

쿠완의 빛으로 만든 우주는 점점 커져 갔고 모든 것은 점점 정돈되어 각자의 방향을 깨닫고 자기의 길을 가고 있었다. 쿠완은 자신의 잘 정돈된 우주가 보기 좋았다. 그러나 쿠완은 그의 엄마 케이오에게서 너무 빨리, 너무 멀리 와 있었다.

폭발하듯 만들어진 우주는 너무 빠른 속도로 자라났고 쿠완의 뜨거운 손길과 날카로운 눈길이 닿지 않는 곳이 생겨나기 시작했다. 처음 빛으로 꽉 채워졌었던 우주는 새로 만들어지는 빛으로 다시 채우기가 무섭게 새로운 공간이 만들어졌다. 어둠이 생기고 있는 것이었다. 케이오의 그림자인 혼돈의 어둠은 그녀의 외로움이 넘쳐흐르듯 쿠완의 우주 여기저기에 검은 얼룩을 남기기 시작했다.

쿠완은 다급했다. 엄마의 그림자를 만나자 그리움이 척추부터 저려 오기 시작했지만 자신의 창조물이 혼돈의 우물로 다시 떨어지는 것을 보고만 있을 수 없었다. 더 많은 물질을 만들었고 그것들을 태워 어둠의 얼룩을 가릴 더 많은 빛을 만들었다.

그러면서 오른쪽 손으로 자신의 왼쪽 눈을 뽑아 첫째 아들 발쿰을 만들었다. 발쿰에게는 빛을 관장하는 일이 주어졌다. 똑똑하고 논리적인 발쿰은 빛을 잘게 나누어 화살을 만들었고 온 우주 구석구석으로 부지런히 쏘아 대기 시작했다.

잠시 후 쿠완은 왼손으로 자신의 심장을 꺼내어 둘째 아들 블루이를 만들었다. 블루이는 좀 더 무거운 물질을 만들었고 그것으로 열두 개의 끈을 만들어 엄청나게 커져만 가는 우주를 잡아매어 속도를 늦추는 일을 시작했다.

이 둘은 아무런 의심 없이 아버지 쿠완의 말에 복종했고 밝은 우주의 신념 또한 쿠완의 그것에 뒤지지 않았다.

시간의 화살이 쿠완이 일을 시작했을 때보다 두 배 정도 멀리 갔을 즈음, 발쿰보다 더 멀리 더 많은 우주의 구석구석을 돌아다니던 블루이는 우주의 먼 변방, 한 은하계에서 새로 태어나는 어둠을 만났다. 블루이는 힘의 고리를 걸기 위해 어둠에 손을 담궜다. 그러자 강한 전류가 흐른 듯 그의 심장이 마구 뛰기 시작했다. 케이오의 외로움이 그의 심장에 자리를 잡은 듯했다.

코를 가까이 가져가자 거기서 피어오르는 아련한 냄새에 온몸의 기운이 쭉 빠지는 것을 느꼈다.

그는 고리를 거는 것을 그만두고 긴 시간을 혼자 앉아 생각하다가 아버지 쿠완에게 돌아와 말했다.

"아버지 쿠완이여, 그대는 어째서 저 향기로운 혼돈의 어둠을 지우시려 합니까?"

쿠완은 어둠의 눈물이 배어 있는 블루이의 눈을 바라보며 가슴을 쓸어내렸다. 블루이의 눈에서 케이오의 심장 뛰는 소리가 났기 때문이다.

"내 너를 나의 심장으로 만든 것이 후회되는구나. 그러나 내가 만든 이 빛의 우주에서는 모든 것이 서로 이해되어야 한다. 서로 조화롭게 존재하고 서로를 완벽하게 알아야 한다. 그것이 지나간 시간의 일이든 다가올 시간의 일이든 지금의 일이든 말이다. 예측할 수 없고 통제할 수 없는 어둠의 그림자는 태초부터 이 우주의 것이 아니다."

블루이는 점점 더 어두워지는 눈으로 아버지를 보며 말했다.

"그러시다면 아버지는 제가 겪고 있는 이 알 수 없는 슬픔을 미리 알았나요? 벌써 이해하고 계십니까? 아버지께서 얘기한 후회라는 분간할 수 없는 감정 또한 이 밝은 빛들과 조화로운 것입니까?"

블루이는 조금 더 가라앉은 목소리로 다시 입을 열었다.

"그렇다면 아버지의 심장으로 만든 저와 아버지의 후회 또한 이 우주의 것이 아니겠군요. 진정한 조화는 빛과 어둠, 질서와 혼돈의 조화가 아닙니까? 아버지께서 제 슬픔의 우물을 채워 주실 길이 없다면 이 일을 그만두겠습니다."

쿠완은 블루이의 그늘진 등을 보았다. 쿠완이 케이오에게 그랬듯 블루이도 쿠완을 떠났다. 블루이는 오랜 시간을 떠돌다가 먼 우주의 끝 어둠의 한가운데로 숨어 버렸다. 그러고는 작은 행성에 누워 그 어둠에서 나는 살냄새로 슬픔을 조금씩 씻어 내며 잠을 자기 시작했다. 그는 마치 영원히 깨어나지 않기로 작정한 어둠의 돌덩이처럼 깊이 잠에 떨어졌다.

블루이가 떠난 뒤 쿠완도 그 자리에 허물어지듯 주저앉았다. 자신의 심장으로 만든 아들이 빛의 우주를 떠났다. 쿠완은 꼼짝하지 않았다. 새로운 빛의 땔감을 만드는 일도 질서를 만드는 일도 어둠을 지우는 일도 모두 하지 않았다. 그러자 먼 곳에 두고 온 케이오에 대한 그리움이 떼어 낸 심장의 빈자리에 고이기 시작했다. 그의 주변에는 모든 움직임 또한 떠나 버렸다.

항상 밝음의 한가운데 서 있던 아버지를 찾을 수 없게 된 발쿰은 큰 소리로 아버지를 부르며 온통 어두워져 가는 우주를 빛으로 채우는 가망 없는 싸움을 혼자 하고 있었다. 그의 굳셈도 점점 아버지에 대한 의심과 동생에 대한 배신감으로 변해 갔다.

발쿰은 잠시 자신의 일을 뒤로하고 아버지를 찾아 나섰다. 긴 시간을 헤맨 끝에 발쿰은 돌처럼 굳어 어둠을 떠돌고 있는 아버지를 발견하고는 어둠과 밝음의 중간색인 피의 눈물을 흘리며 울부짖었다. 그리고 동생에 대한 저주로 온몸을 부르르 떨었다.

이제 점점 더 어두워져 가는 우주도 그 무엇도 그에게 문제가 되지 않았다. 오직 동생을 찾아 아버지의 심장을 돌려받는 일만이 그를 움직이는 힘이 되었다.

쿠완이 케이오를 떠나온 시간의 길이와 같은 시간이 지났고 그 거리만큼 멀리 떨어진 곳에서 드디어 발쿰은 블루이를 찾아냈다.

어둠의 한가운데서 지구라는 어둡고 작은 행성 위에서 달콤한 잠에 빠져 있는 블루이를 보자 발쿰의 분노는 더욱 크고 단단해져 시간의 화살마저 부딪혀 부러지고 휘어 비껴가기 시작했다.

발쿰은 먼저 가까운 태양에 내려 빛의 화살을 만들 불을 지폈다. 태양은 활활 타오르기 시작했고 그 빛으로 발쿰은 일곱 개의 화살을 만들었다. 그리고 일곱 개의 화살을 하나씩 활에 꽂아 분노로 터져 나갈 것 같은 근육으로 하여금 힘껏 시위를 당기게 했다. 그의 눈은 차갑고 어두운 행성 지구를 노려보았다.

분노의 기운이 땅을 흔들자 블루이는 깊은 잠에서 살며시 눈꺼풀을 건져 올렸다. 그리고 멀리서 날아오는 화살을 보았다.

제일 먼저 빨간빛의 화살이 날아와 블루이를 비껴 대지에 꽂혔다. 그러자 땅속에서 붉은 용암들이 어둠의 피처럼 솟구쳐 오르기 시작했다.

잠시 후 주황빛을 가진 화살이 블루이의 귓불을 스쳐 지평선 끝으로 날아가 먼 허공에 꽂혔다. 그러자 그곳에는 흥건히 노을이 고이기 시작했다.

세 번째 날아온 노란빛의 화살은 먼 평지의 땅에 꽂혔다. 곧 그 땅은 분노의 열기 가득한 사막이라는 땅이 되었다.

초록빛 화살이 네 번째로 날아왔고 서서히 형 발쿰을 바라보며 일어서는 블루이의 손가락 사이를 지나 어둠의 숲에서 자라는 검은 나무에 꽂혔다. 나무들의 비명이 들렸다. 그리고 나무 여기저기에서 초록의 피가 배어 나왔다. 그것은 아픔의 딱지처럼 굳어 초록의 잎이 되었다.

다섯 번째로 날아오는 것은 파란빛의 화살이었다. 갈수록 화살의 위력은 세어졌다. 블루이의 눈에는 편안한 어둠의 품에서 쫓겨나서 빛의 화살에 신음하는 지구의 모습이 가득했다. 블루이는 자신의 몸을 작은 알갱이로 바꿔 신음하는 지구를 둘러쌓았다. 눈 깜박할 사이에 날아온 파란빛의 화살은 공기로 몸을 바꾼 블루이의 심장에 정통으로 꽂혔다. 그러자 파란 화살은 작게 나뉜 블루이의 입자를 만나 아주 작게 부스러지기 시작했다. 작게 부서진 파란 화살은 지구에 큰 충격을 주지는 못하고 파란빛을 뿜으며 블루이의 몸 안을 떠돌기 시작했다.

그 후로 지구의 하늘은 파래졌고 공기로 몸을 바꾼 블루이는 파란 화살의 충격으로 다시는 원래의 모습으로 되돌아올 수 없었다. 다만 어둠의 엄마 케이오의 냄새를 그리며 시간의 화살이 끝을 만나 조용히 잠들 때까지 작은 행성 지구를 품에 안고 기다릴 뿐이다.

여섯 번째로 날아온 남색 빛의 화살은 블루이의 몸을 지나며 많은 힘을 잃고 바다에 떨어져 바다를 남색으로 멍들게 했으며 일곱 번째 보랏빛의 화살은 공기가 된 블루이에 의해 대부분이 튕겨 나갔으나 아주 조금 지구로 떨어져 살아 있는 것의 껍질을 파고들어 생명에 상처를 내는 빛으로 남아 있다.

동생 블루이의 파란 피를 확인한 발쿰은 태양에 지핀 분노의 불도 끄지 않은 채 시간의 화살과 반대편으로 떠나 버렸다. 그 후 우주에는 촘촘히 빛나는 불빛 말고는 대부분 케이오의 어둠의 손길로 채워지게 되었다.

블루이의 지구를 쓰다듬고 있는 것도 케이오의 손길이고 어딘가 떠도는 쿠완을 품고 있는 것도 케이오의 가슴이었다. 어디선가 계속 발쿰이 만들어 내는 빛나는 것들을 끄지 않고 은근한 배경으로 받쳐 주는 어둠 또한 케이오의 입김이다.

우리가 몸을 눕혀 쉬려 할 때 우리를 푸근하게 덮어 주는 밤 또한 케이오가 외로움과 슬픔으로 짠 크고 깊은 이불이다.

이야기의 공과 과를 이야기하면서

모든 신화는 당시 그곳의 세계를 설명하는 최선의 가설이자 이론이었다. 과학이 등장하기 이전, 세계를 이해하고 설명하는 형식은 이야기라는 틀 하나뿐이었다. 그래서 나와 비슷한 모습을 한 영웅이 등장하고 내가 보아 온 가장 무서운 것들로 조합해 적이 만들어졌으며 이 갈등의 원인을 설명하기 위해서 모두를 관장하는 신이 필요했다. 이야기가 탄생한 배경이다.

그가 보여 준 「어둠과 빛, 그리고 파란 하늘의 신화」라는 알레고리는 현대 과학이 밝혀낸 사실을 주제로 삼을지언정 모든 현상을 사람의 형상을 한 신으로 표현해 설명하는 전통적인 이야기와 맥락이 같다. 이와 비슷한 예를 들어 보자. 현대에 사는 우리는 날씨라는 현상에 대해 조금 이해하고 있다. 태양에서 오는 에너지가 근본적인 힘이 되어 운동을 만들어 낸다. 열에너지를 받은 지구는 공기 분자들을 데워 에너지 불균형 상태가 생기고 이를 기반으로 운동이 발생한다. 공기가 머금은 수증기들은 온도에 따라 팽창하면서 눈에 보이지 않다가 냉각되면서 물이 되어 비로 내리고 또 태풍을 만든다. 이뿐 아니라 지구 안에 모든 요소들과 상호작용하면서 만들어진 거대한 복잡계 운동의 결과가 바로 기상 현상이다.

과학 이전의 사람들이 날씨의 변화를 설명하고 예측하기 위해서는 먼저 신의 계시를 받아야 한다. 인간이 설명할 수 없는 모든 것들은 바로 신의 불편한 심기로 이해할 수밖에 없기 때문이다. 이 과정은 필연처럼 이야기라는 형식을 뒤집어썼다. 이야기는 이제 인간의 본능이라고 할 수 있을 정도이다.

당신이 뭔가 알고 싶고 예측하고 싶다면 먼저 신전으로 달려가 오락가락하는 신탁을 구걸한다. 참고로 이런 종류의 이야기는 비극으로 치달을 확률이 높다. 자연은 인간이 감당할 수 없는 재앙을 반드시 포함하기 때문이다. 이제 유황 가스를 잔뜩 마신 무당은 신의 말을 전한다. 인간들의 믿음 없음과 하늘 무서운 줄 모르는 방종의 대가로 남쪽에서 신의 분노가 다가올 것이라고 예언한다. 너희 중 신의 선택을 받은 자는 살아남아 대대손손 번창할 것이며 죄지은 자는 물로 죽어 지옥불에 떨어질 것이다. 신의 지엄한 명령이 없더라도 자손을 만드는 일은 태초부터 살아남은 자의 몫이었으니 자연스러운 예언이다. 현대를 사는 우리는 이 신탁을 적도 지방에서 발생해 매해 여름에 올라오는 태풍이라고 부르고 또 그렇게 대비하고 있다.

이야기의 형태를 가지고 탄생한 신화는 바로 세계를 설명하려는 가설로 시작한 것이다. 세계를 분석하고 표현하는 방법으로 거의 유일한 방법이 이야기라는 틀이었고 또 이야기야말로 아주 극적이고 흡입력이 강했다. 그러나 이야기의 한계 또한 명확하다.

그의 「파란 하늘의 신화」는 우리 우주의 시작인 빅뱅과 혼돈 이론에서 시작해 지구에서 일어나는 기상 현상에 이르기까지 이야기의 형식으로 풀고 있다. 이야기에는 외로움이 등장하고 갈등이 자라며 그렇게 파국으로 치닫는다. 물론 재미있고 아름다우나 과학이 알아챈 배경과 현상을 제대로 보여 주는 일에는 한계가 있다. 현대 과학이 보여 주는 디테일과 정교함, 더불어 과학적 표현에서 찾아볼 수 있는 아름다움까지 문학적 이야기의 틀로 다 보여 줄 수는 없다. 과학적 사실의 전반에 관해 정확하게 알기 위해서는 과학 책을 읽는 것이 맞다. 그러나 내가 주목하는 것은 과학적 사실이 이야기의 형식으로 변형되어 전달되는 과정에서 수많은 정보들이 어떻게 누락되고 변형되었는지를 관찰하는 것이다. 적지 않은 부분에서 적당히 뭉개고 가야 하는 상황을 만나고 비유의 과정에서 오해가 생기기도 한다.

그렇다고 과학적 관념과 이야기가 가지는 극적 효과, 둘 중 하나를 선택해야 하는 극단적인 상황은 아니다. 오히려 분야를 뛰어넘는 소통은 반드시 필요한 미덕이다. 그러나 소통의 방식이 달라지면서 생기는 누락과 변형에도 우리는 관심을 가져야 한다.

"문학이 원래 이야기에서 출발했다고는 하지만 이야기의 노예가 될 필요는 없어. 그렇지? 특히 시는 말이야."

그가 이런 얘기를 했던 것도 같은 맥락이었을 것이다. 물론 문학예술에 있어 서사는 중요하다. 오래전부터 인간의 삶은 신들의 이야기로 투영되었으며 그 이야기는 다시 예술의 소재가 되었다. 그러나 그것이 예술이 가지고 있는 것의 전부는 아니다.

이제 이야기라는 것 자체를 따져 봐야 한다. 이야기에 관해서는 여러 이론이 있지만 이렇게 정리해 볼 수 있다. 한 인물이 시간의 흐름에 따라 겪는 인과관계이자 다시 서로 상호작용하는 사건의 전말.

빅뱅 이후 지금까지, 우주의 역사를 통틀어 인간이 아는 영역까지 기술할 수는 있다. 하지만 이 기록 전체를 하나의 커다란 이야기로 정의하기에는 빈 곳이 너무 많다. 일단 인물이라고 불릴 만한 것을 찾아보기 어려운 데다가 시간이 지배하는 인과관계를 찾기 이전에 시간마저도 거대한 차원 안에 종속된 변수이기 때문이다. 이보다 아주 작은 인간의 역사 또한 이야기만으로 이루어지지 않는다. 모든 기록이 이야기가 아닌 것처럼.

이야기는 그저 이야기이다. 사건이 일어나고 과정이 생기면 사람들은 결말이 궁금해진다. 이 순간 사건이랄 것이 발생하지 않은 수많은 시공간은 먼저 배제된다. 백번 양보해 사건을 들여다보자. 사람들은 어떤 사건이 있으면 왜 그 일이 생겼는지 원인을 찾으려고 든다. 아무 연결 없이 그냥 떨어져 있으면서 각자의 시공간을 점유

하고 있는 두 개의 돌멩이를 본 사람은 이야기를 만들기 시작한다. '저 둘은 원래 한 몸이었는데 이를 시기한 격한 물결이 어느 바위에 돌을 팽개쳐 저기 두 개의 돌로 갈라놓았을 거야', '이 돌이 여기 있기 때문에 저 돌은 더 멀리 가지 못하고 저기 있을 거야.' 이야기는 이렇게 만들어진다.

진화생물학적 관점에서 보면 이야기는 포식자에게 잡히지 않고 온전히 생을 이어 간 존재가 남긴 신화이다. 이미 잡아먹힌 자는 말이 없다. 그리고 살아남은 자는 역경을 헤치면서 자연이 설계하고 부여한 개체의 천수를 전부 누릴 수 있었던 비법을 자랑함과 동시에 동료와 후손에게 현재까지 살아남을 수 있었던 자신만의 노하우를 남겨야 하는 것이다. 이것이 이야기이다. 그리고 이야기성의 뿌리이다.

진화생물학자 스티븐 제이 굴드는 "인간은 이야기를 너무 좋아하는 동물이다"라고 말했다. 이 말은 몇 가지로 해석할 수 있다. 이야기야말로 생존의 본능을 담아 퍼뜨리는 오래된 외적 전달 체계이기 때문에 인간은 생존에 대한 애착만큼 이야기를 좋아할 수밖에 없다는 현상적 의미이다. 그리고 또 하나는 이야기 외에는 잘 믿지 않는 본능적 맹점에 대한 지적이기도 하다. 인간이 이성이라는 무기로 발전시켜 온 과학적 발견이나 통계적 사실들은 분명하게 인간의 생존 환경을 개선했으며 문화의 바탕이 되었다. 그러나 의심할 수 없는 객관적 사실이라 할지라도 감성을 자극하는 이야기가 등장하는 순간 그 앞에 맥없이 무너진다. 그 대표적인 예는 광고와 선전 선동에서 찾을 수 있다.

예쁜 연예인이 감동에 찬 눈빛을 흘리며 식도로 밀어 넣고 있는 가공식품 광고를 본 사람들에게 그것이 통계적으로 특정 질환의 발병 확률을 높이는 가공식품이라고 판명한 연구 결과물은 지나는 강아지의 트림만큼도 가치가 없다. 정치인들이 내놓는 수많은 정책들을 이성적으로 검토하고 우리 현실에 어떤 것이 더 옳고 현실성이 있는지 따지는 일은 가공식품의 발병 확률만큼이나 중요한 일이다. 그러나 붉은색으로 섞어서 엮은 적절한 이야기를 만들어 뒤집어씌우는 일 하나로 즉각적이면서 강력한 효과를 보던 시절이 있었다. 물론 이것은 이야기가 가진 힘을 부정적으로 사용한 예로 찾아본 사례일 뿐이다. 앞으로 그런 시절은 다시 만나지 않을 것이다.

문학 또한 온전히 이야기로만 이루어져 있지 않다. 이야기에는 감동을 담을 수 있고 살아남기 위한 선택의 모범이 있으며 또 살아남은 자의 비통함도 찾을 수 있다. 그러나 이런 일들을 이야기만이 할 수 있는 것은 아니다. 이야기는 어떻게든 인과관계를 가지고 있고 이에 따른 시간을 가지고 있다. 시간에 따라 순차적으로 진행되든, 반대로 시간을 거슬러 거꾸로 추적하든 시간에 따라 변화가 생기는 것이 이야기성이다.

사건에서 시간을 탈수하면 이야기가 아닌 무엇이 된다. 한순간 들이닥친 감정이나 이미지가 하나의 생 전체를 갈아엎기도 한다. 한 번의 깊숙한 전율이 생의 통찰로 이어지고 여지없이 삶의 방향이 바뀌는 경우도 있다. 섬광 같은 깨달음의 순간으로 우주 너머를 보기도 한다. 이 자리에는 변화의 배경으로 존재하는 시간은 없다. 이것은 흐름이 아닌 한 번에 다가오는 심상이기도 하고, 이해되는 것이 아니라 전체적으로 다가오는 느낌일 수도 있다. 문학에서는 시가 이것을 추구한다.

카쿠는 투라를 불렀다

칭치가 물을 건넜다

돌아오는 길에 아리는 숲 속에서 예루와 했다

틴차와 역청은 모르는 사이다

육리가 마을이 뭐냐고 물었다

숨이 차오르면 산을 내려간다

산이 올라온다

추추가 '내려간다' 뒤에 '올라온다'가 있다는 것에 쓸데없이 주목,

둘이 관계가 있다고 의심했다

혁녕이 추추를 죽였다

이 죽임도 추추의 주장과는 아무 상관없다

반복이 마을에 자주 출몰했다

왁도는 자꾸 돌라와만 자기 시작했다

태어나는 투과의 수는 변치 않았지만

비슷한 모양의 투과가 나타나기 시작했다

이쯤에서 모든 행간은 서로 아무 상관없다고 우긴다

릭탕은 우기는 것도 그전의 무엇과 관계하고 있으므로

신성한 객체들의 독립 상태를 모욕했다고 소리쳤다

드디어 마을이 야기의 그림자로 뒤덮였다

나는 릭탕을 죽이고 부랴부랴 떠났다

시 이야기의 역사 2

밤은 없다 밤에게로 걷는 골목이 긴 어둠으로 절여져 있기에 저기 무언가 어둡다 멀수록 더 짙어지는 것, 밤과 나 사이의 어두운 간격 이 밤이다

그는 사건이었고 나는 순간이었다

사분사분 암흑을 도려내는 먼지의 잔영에 따르면
내가 포함된 변화는, 사랑은 서 있지 않는다
아직 빗물 고이지 않은 하나 발자국이 말하길
태초부터 사건은 없었으며 모두가 엮인 이야기가 전부였다 사랑
은 그랬다
어느 곳 어느 순간에나 있는 건 사건들 사이를 출렁이는 물결뿐이
었다
영원은 그랬다

나를 한 장의 사진으로 오해한 그가 스스로 동떨어진 사건이라고
위로한 계절 동안 세상에는 아무것도 없었기에 그는 관계이고 나는
변화이다

그와 내가 함께 있으면 우주이고 그에게서 나를 덜어 내면 처음이다

이야기의 속내도 이야기하다가

그는 노골적으로 이야기를 건드리고 있다. 아예 이야기 자체를 전면에 내세워 쓴 시들이다. 첫 번째 시는 그가 쓴 이야기의 탄생 설화이다. 신성한 독립 상태를 깨고 이야기가 탄생한 배경과 과정을 설명하면서 동시에 이야기라는 몸통에 어떤 패턴이 형성되었는지를 보여 준다. 이야기에 관한 메타 이야기인 것이다.

한참 뒤에 쓴 두 번째 시는 이야기가 이 우주 안에서 어떻게 작동하는지 좀 더 거시적으로 접근하고 있다. 내가 느낀 대로 대략 따져 본 전말은 이렇다. 이 우주 안에는 고정된 사건들이 있다. 어느 초신성이 120만 년 전에 폭발했으며 어제는 도곡리 김 씨네 둘째가 태어났다. 시공간 안에서 고정된 사건들은 자체적으로 의미를 가지지 않는다. 이제 고정된 사건들은 서로 연결된다. 사람들의 억측으로 연결되기도 하고(애비가 김 씨가 아니라는 둥) 정밀한 관찰로 연결되기도(폭발한 초신성의 잔해에서 항성이 스스로를 태워서 만들지 못하는 철보다 무거운 원소들의 탯줄을 발견하기도) 한다. 이제 사건들 사이를 연결한 끈이 진동하기 시작한다. 너무도 다양한 형태로 끈은 진동한다. 사건이 못으로 고정된 점이라고 한다면 이야기는 그 사이에서 마음대로 흔들리는 끈이라는 것이다. 이야기는 이렇게 사건들 사이에서 유동적으로 출렁이는 무엇이다. 이야기가 작동하는 방식에 관해 그는 이렇게 말하고 있다.

다시 시에 관한 초능력적 상찬

이야기가 나온 김에 이야기에 관한 이야기를 하나 더 해야겠다. 위의 시는 그가 생각하는 이야기의 유래와 작동 방식에 관한 이론을 시로 발언한 것이라면 그 이론 자체를 그대로 출렁이는 이야기로 만들어 낸 시가 있다. 그런데 그 시를 보기 전에 그가 어떻게 시를 접해 나갔고 또 시에 대해 어떤 생각을 가지고 있는지 알 수 있는 일화부터 꺼내 보아야 한다. 배경을 알아야 이해되는 결말도 종종 있기 때문이다. 따옴표 안의 발언은 내가 기억하는 그의 말이고 나머지는 내 주관적인 해석이다.

"아브라함 발드라는 수학자가 있었어. 재미있겠어? 하지 말까?"

그가 말을 시작했는데 내가 막을 이유도 능력도 없었다.

"2차 세계대전에 연합군 측 항공기 연구 기관에서 일을 했는데, 그 수학자 말이야. 당연히 천재겠지? 안 그래? 수학자가 등장했다면 천재는 기본이고 추가분의 이야기가 있지 않겠어? 하여간 전투에서 돌아온 전투기를 분석해서 더 많은 조종사들이 살아 돌아오게 항공기를 개조하는 연구였는데 말이야. 비행기라는 게 무거워지면 기름도 많이 먹고 속도도 떨어지잖아. 그래서 비행기 표면에 철갑을 두르는데 그 일에는 한계가 있단 말이야. 연구자들은 가장 총알구멍이 많이 난 곳에 더 두껍게 철갑을 둘러야 한다고 주장했지. 뭐 상식적이잖아? 이즈음 당연히 발드가 한마디했겠지. 총알구멍이 하나도 없는 곳에 철갑을 둘러야 한다고. 익숙한 반전이지! 그 부위는 단 한 발만 맞아도 전투기는 돌아오지 못했다는 거잖아. 한 수학자는 돌아오지 못한 자의 목소리를 들었던 거지. 그 방법을 알았던 거지."

내 해석의 여지가 없는 부분은 그냥 지나간다.

"그저 천재의 일화로 넘기기에는 아깝잖아? 응용해야지. 말하자면 제한된 비용을 가지고 성형수술을 하려는 여성이 있단 말이지. 왜? 외모로 신분 상승을 노리나? 그런가? 뭐 긍정적인 이야기는 아니지만 지금의 요점은 수학적 일화를 사회에 응용하는 거니까. 그러면 어디를 해야 할까? 마찬가지로 생각하면 그 시대 젊은 여성의 트렌드를 따라하면 안 된다는 거지. 미혼으로 남아 있는 여성들을 따라 해서는 쓸데없는 부위에 칼을 대고 돈을 들이는 거지. 이 경우 멋진 남자와 같이 사는 아줌마들을 유심히 봐야 하는 거야. 떠난 이의 목소리를 읽을 줄 알아야 하는 거지."

뜻밖에도 다음 주제는 시론(詩論)이었다. 여간해서는 화제에 올리지 않는 것들 중 하나가 시에 관한 것이기에 의외였다.

"시가 학문처럼 가르치고 배우는 종목은 아니라고 생각해, 나는. 그러나 신기하게도 들이파는 시간과 과정은 필요하지. 드물게 처음부터 기가 막히는 시를 쓰는 이가 없지는 않지만 금방 시들어. 양분 없는 꽃 같아. 나도 이십대에 처음 시에 발을 들이고는 지금은 원로가 된 분들의 강좌를 들었어, 뭐 방법이 그런 거니까. 주로 세계관과 사회관에 관해 많은 얘기를 했지. 각론으로 들어가서 각진 말, 크고 무거운 말은 쓰지 말라고 강조하는 분들이 있었어. 흔히 관념어라고 불리는 단어들이지. 주로 한자어 말이야. 절망, 희망, 뭐 이런 거 말이야. 뭐 이것도 상식이지."

재미없는 시론은 수학적으로 표현하면 더 이해하기 쉽다. 수학적으로 표현하자면 함수가 되지 못하는 말들이다. 함수는 일대일 대응이 기본이다. 왼쪽 그룹 x에 속한 것들을 오른쪽 그룹 y에 속한 것들과 모종의 규칙을 가지고 연결하는 것이 함수이다. 이때 하나가 하나와 대응한다. a가 t와 연결되고 b가 u와 연결된다. 또, a와 b가 같이 t와 연결되어도 함수가 성립한다. 그러나 원인이 되는 왼쪽의 원소가 결과가 되는 오른쪽의 원소 여럿과 연결되면 그것은 함수가 아니다. 중학교 수학에서 배우는 함수의 기본이다. 그러니까 시에서 일상적인 금칙어로 정해 놓은 말들은 주로 함수가 성립하지 않는 단어들이다. 이들 단어는 읽는 이의 머릿속이나 가슴에 정확한 상(像)을 맺지 못하는 것들로 무작위의 결과를 낳을 수 있고 아무 결과도 얻지 못할 수도 있다.

"절망이라는 단어 하나로 마음의 그림을 그리기는 어렵잖아? 그러니까 시의 단어는 그냥 '엄마'가 아니라 손바닥에 굳은살이 박인 몇 살 먹은 누구의 엄마라는 특정한 그림을 요구하거든. 엄마라는 말은 누구에게는 말만으로 가슴이 쓰린 대상이고 누구에게는 아프기만 하다 사라진 여성이고 누구에게는 한없는 그리움만 남는 존재이고 요즘 아이들에게는 극성스러운, 대학생의 성적 관리와 취업 과정에 깊숙이 개입하는, 그런 엄마일 수도 있잖아."

이 단어들은 초점이 맞지 않은 사진 같은 것이었다가 점점 흐려져 해석의 여지가 무한한 추상화로 변한다. 쓴 시, 쓰일 시, 읽는 시, 모든 시가 답답했던 그는 이런 말들만으로 시를 쓰기 시작한다. 관념어의 나열, 하지 말라는 짓만 골라서 하던 젊은 날이 그렇듯 반항이었다. 아무런 파장도 가지지 못하고 누구도 거들떠보지 않는 반항.

그는 도발을 시의 기본적인 요소라고 생각한다. 그것만으로는 꽉 찬 시가 되기 부족하지만 그것마저 빠지면 시가 아니라는 생각, 그리고 내가 쓰면 시라는 오만, 아마도 이 반항의 시기에 움텄으리라. 그러나 그의 시론이 현실의 외양을 뒤집어 진실을 찾아내는 발드의 일화를 적용한 것인지는 알 수 없다.

그때의 시편들은 지금 없으며 그 시를 지금 읽은들 설익은 살구를 베어 무는 일보다 더 시릴 것이다. 그래서 대부분의 시들이 허공으로 흩어져 흔적을 남기지 않는 전통은 시 생태계를 위해 필수적인 것이다. 간혹 만나는 좋은 시가 허공을 고향으로 삼는 것도 이런 이유이다. 그러나 그때의 시들 또한 지금 그의 시에 앙금으로 앉아 자양분이 되었음은 짐작할 수 있다. 여기 그가 최근에 쓴 각지고 큰 단어들 위에 흔들리는 이야기를 걸어 놓은 연작시가 있다. 이야기는 단어와 단어 사이에서 매번 다른 모습으로 출렁거린다.

시 춤추는 세계 1

  욕망의 내용은 주어진 삶이기에 끝을 봐야 직성이 풀리는 호기심이고 형식은 유전자에 새겨진 음각이며 목적은 **생존**이다.

  욕망이 다양한 양태로 **생존**에 복무할지언정 '좋은 생존' 따위의 가치판단이 들어설 자리는 없다. 삶에 가끔씩 달달한 사탕을 던지는 짓이 욕망이 가진 방법의 전부임을 알아채는 순간은 보통 대부분의 치아가 상하고 나서이다. 그 사탕이 **허망**을 가공해 만들어진다는 사실은 뒷맛이 덮칠 즈음이면 누구나 알 수 있다.

  욕망, 슬픔, 좌절과 같이 생을 이루는 많은 요소들은 각각 다른 원소들로 이루어진 것이 아니라 하나의 원소가 다른 패턴으로 쌓여 만든 것이다. 따라서 **생존**은 복잡한 구조를 가진 적이 없다. 반면 **허망**을 고자질하기 위해 태어난 **이성**은 무기력이라는 장점을 가지고 있어 설사처럼 예고 없이 변기를 타고 사라지기 일쑤이다.

욕망이 가진 잔가지들은 그러나 삶을 생이라는 틀 안에 붙잡아 두는 끈끈이이기도 하다. 늦가을 녹슨 이파리들 사이를 떠나지 못하는 바람처럼 사랑이라는 잔가지가 그랬다. 이 낡은 애착들 사이를 헤매는 작은 **생존**들은 스스로 화석으로 남을 낙서라고 예언했기에 **허망**은 다름 아닌 발각되지 않기로 작정한 화석의 **이성**이다. 이런 게으름으로 전 우주를 가로지르는 암흑의 배경을, 들끓는 바다을, 허공에서 몸부림치는 양자적 요동을 무의미의 퇴적층이라 오해한 모두는 **나**이다.

그리고 시에 관한 잡설라

이 시에 관해 이야기하려면 그의 시적 반항심, 그리고 이야기와 단어가 가진 태생적 유동성과 더불어 칼비노의 카드 게임에 관해서도 정보를 나누어야 한다. 그 이유는 이 시의 배경이 되는 요소들이 그의 시에 잘 투영되어 있다거나 그들이 모여 훌륭하게 예술적으로 탈바꿈했다고 말하려는 것이 아니다. 또한 내가 그런 결론을 내릴 입장도 아니며 그와 그리 좋은 감정적 교류를 나누는 사이도 아니다. 다만 이탈리아의 소설가 이탈로 칼비노의 제안과 한 과학자의 해석이 우리 우주의 운행 원리에 관해 뜻하는 바가 깊다고 느껴서이다. 물론 자신의 시가 이런 원리를 품고 있다고 주장한 이도, 그 배경을 소개한 것도 그라는 사실은 밝힌다.

칼비노는 그의 책에서 인생에 대한 중요한 은유로 독특한 게임을 제안한다. 게임의 참가자는 당신에게 자신의 인생을 설명해야 한다. 단 도구는 순차적으로 한 장씩 펼쳐 보여 줄 수 있는 타로 카드와 자신의 몸짓뿐이다. 바람에 실린 빗방울이 반쯤 열린 창문으로 들이치는 늦여름의 밤, 당신은 그렇게 말을 할 수 없는 한 사람의 인생을 해석해야 한다.

모든 사람은 아무도 모르는 자신만의 인생을 가지고 있다. 그리고 그 인생이 드러나는 방식은 주변 환경과 영향을 주고받는 것이다. 카드에 그려진 그림은 애매모호하다. 해골이 그려진 카드라고 해서 정확하게 죽음을 의미하지 않는다. 두 개의 칼을 든 여자가 등장하는 카드 또한 참가자의 몸짓에 기대어 당신만의 해석을 내놓아야 한다. 당신의 해석은 참가자의 인생과 비슷할 수도 있고 전혀 다를 수도 있다. 그러나 둘은 완벽하게 소통할 수 없다. 당신에게 참가자의 인생은 해석된 만큼의 것이다. 이것이 진실이며 이 상황은 자연에 내재된 이중성과 불확실성에 기인한다.

게임의 유동성을 만드는 중요한 요소가 또 있다. 같은 카드일지언정 앞뒤로 어떤 상황에 놓여 있느냐에 따라 전혀 다른 의미를 가질 수 있다는 사실이다. 붉은 용이 그려진 카드는 어떤 카드 뒤에 놓이느냐에 따라 위험이나 불안을 상징하기도 하고 특정한 집단을 뜻하기도 한다. 또 일련의 흐름을 만들던 이야기가 뒤에 붙은 하나의 카드로 완전히 뒤집힐 수도 있으며 그래서 마지막 카드가 열릴 때까지 카드들의 의미를 확신할 수 없다. 모든 카드는 전체적인 문맥 안에서 그 의미가 명확해진다. 그러니까 한 사람의 인생은 어떤 카드들과 함께 뽑혔느냐와 누가 해석하느냐로 결정된다. 결국 인생은 일련의 불확실한 사건들이 전후 관계에 따라 해석된 것이다.

배드럴이라는 과학자는 자연의 운행 방식도 이와 같다고 주장한다. 자연은 무궁한 운동을 하고 있지만 그것은 동떨어진 무엇이 아니며 누군가 관찰하는 행위를 통해 서로 영향을 주고받으면서 드러난다. 바로 해석하는 것이다. 그의 시 또한 그러한지는 내가 알 수 없는 일이다.

시 장마

"계몽이란 관례에서 벗어나……규율이라는 사슬을 푸는 일이다……"

오후 4시, 돌아누운 여자의 윗몸은 칸트를 읽는다

여자의 아랫몸과 얽혀 떨던 남자의, 장맛비를 타고 오르다 홀연 마주친 고비에서 몸서리치는 빈 동공이 기억 못 하는 마지막 초점

축축한 살갗이 서로를 계몽하는 7월

세상 또한 알몸으로 어두워

곰팡이 번진 육지의 소일

막대기 빛기둥을 먹구름 터진 구멍을 찾아 밀어 넣는

역행하는 계몽

계몽이라는 도발

쉬이 무릎에서 가시지 않는 장마

성설(性說)도 함께 나누는

이게 뭐하는 짓인가? 7월의 장마, 그 뜨겁고 끈적거리는 세상 아래에서 하지 말아야 할, 해서 도움되지 않는 일들을 꼽는다면 종류별로 곰팡이 가꾸기 다음에 자리한 것이 바로 남녀가 몸 섞는 일이

라고 나는 생각한다. 물론 계절과 날씨에 상관없이 해야 할 일은 해야 하지만 온도가 체온에 육박하고 공기는 자신이 품을 수 있는 최고치 물을 머금고 있다가 여차하면 여기저기에 액체로 토하는 위기적 환경에서 서로의 몸을 뜨겁게 달구고 또 습하게 하는 일을 권하기는 쉽지 않다.

다시 말하지만 반드시 필요하다면 해야 한다. 그만큼 서로를 원하는 신참이거나 내일이면 멀리 떨어져야 하는 커플, 또 마음 놓고 냉방을 할 수 있을 만큼 외부 환경과 격리되어 살 수 있는 남녀에게 굳이 장시간 냉방으로 발생하는 여러 질병 등을 들어 말릴 생각은 추호도 없다. 해야 한다. 늦은 봄이 생일인 분들은 부모님이 이런 열정을 가지고 있었다고 추정할 수 있음으로 다른 사람보다 한 번 더 존경의 눈빛을 보내야 할지도 모른다.

그런데 그의 시를 보라. 그는 "무릎에서 가시지 않는 장마"라고 말하고 있다. 화자는 장마철에 무릎 통증을 느낄 만큼 적지 않은 나이를 굳이 감추지 않는다. 말하자면 서로의 몸이 그리 급박하지 않은 중년의 커플임이 분명하다. 오후 4시, 열린 창밖으로 먹구름은 부산하게 흐르는데 여자의 윗몸은 돌아누워 칸트를 읽고 있다. 여자의 아랫몸에 매달린 남자만이 흐린 눈으로 초점을 잃을 둥 말 둥 먼 산을 바라보다가 땀을 훔치며 애써 집중하고 있다. 오래된 부부일 것이다. 그 오래됨과 식상함을 무기로 장마의 어느 날 일상과 별반 온도 차이 없이 슬쩍 반쪽의 몸만 섞었을 것이다.

살짝 기괴하기도 한 이 장면에서 둘은 같은 일을 하지만 한순간 서로 딴 곳에 있고 각자 먼 어느 땅을 헤매면서도 몸의 한 가지를 엮어 두고 있는 것이다. 그러나 이 일에는 아슬한 긴장도 의례적인 밀침도 무의식적 폭주도 휘몰아치는 본능도 없다. 대신 일상적이지 않은 편안한 계몽만이 자리 잡고 있다. 먹구름 사이로 쏟아지는 빛 더미가 대지의 꼴린 자지가 되어 구름 사이로 밀어 들어간다는 전도된 시선은 슬그머니 흘러내리는 사슬 같은 계몽을 만든다. 이런 느긋한 도발이 한 철 육지의 소일이기에 세상은 조용히 일렁인다. 지루한 장마의 한순간 은근슬쩍 역행하는 계몽은 이렇게 뭉근하다.

참고로 나는 시를 읽는 일에 있어 시인과 화자를 동일시하는 우를 범하지 않으려 노력하는 독자이다. 그의 시일지언정 그가 아닌 화자의 동선을 따라 시를 추적하려고 노력한다는 점을 밝힌다. (솔직히 말해 이 시의 주인공은 그가 아니라는 것이 내 결론이다. 초능력을 따지기 이전에 그에게는 불가능한 주변머리이니까.)

성스러운 저녁의 순간

그의 차원론을 듣다.

"차원은 하나의 상태를 설명하기 위해 필요한 척도라고 생각하면 돼. 어렵지 않지."

나름대로 성적인 분위기의 논의를 하던 중 뜬금없이 그는 차원 이야기를 끌어들였다. 물론 이 경우 성적인 것과 에로틱한 것은 서로 거리가 멀었지만 이 판에 차원이란 개념도 연결이 없기는 마찬가지였다.

"우리가 온도를 알고 싶으면 온도계의 숫자만 보면 되잖아? 그렇지? 길이를 알고 싶으면 자를 가져다 대면 되고. 이것들이 하나의 차원이란 말이지."

"그래서?"

'갈 곳 잃은 내 영혼의 위치는 어떻게 표시하나?'

"길이가 아닌 위치는 두 개의 차원이 필요하지. 가로 자로 잰 위치와 세로 자로 잰 위치, 이렇게 두 개의 자로 잰 결과가 위치야. 여기까지는 이미 잘 알고 있는 내용이지? 그렇지?"

가끔 이런 경우처럼, 아주 조금, 그러니까 아주 조금 정도는 그가 초능력을 가지고 있지 않나 의심을 품을 수밖에 없는 상황을 맞는다. 그는 내 비아냥거리는 생각을 들은 듯 그와 연결된 이야기를 꺼냈고, 따졌고, 소리 질렀고, 집으로 도망갔으며 또 즐거워했다.

"위치는 따로따로 존재하는 두 개의 자가 필요하기 때문에 2차원인 거지. 당연히 공간에서 위치를 재려면 높이를 재는 자도 필요하니까 3차원인 거야. 3개의 자가 각각 위치를 재서 나온 3개의 결과를 하나의 점으로 표현할 수도 있어. 가로, 세로, 높이를 쟀던 자를 가져다가 한쪽 끝을 붙여 놓으면(서로 직각으로) 3개의 자에 나타난 3개의 숫자가 하나의 점으로 뭉치게 되지. 3개의 자에 표시된 3개의 점이 3차원 자에서 하나의 점이 되는 거지. 3차원! 알겠어? 여기에 시간 축을 더하면 4차원이지. 이제 좀 확장해 볼까?"

성스러운 저녁 확장되는 차원만큼 그의 취기도 확장되고 있었다.

"10개의 변수를 가진 존재가 있다 치자. 그러니까 뭔가 10개의 각각 다른 것들을 측정한 거야. 너의 키, 몸무게, 취하는 점에서 소주병의 개수, 네가 더는 못 달리고 쓰러지는 거리, 과거에 만난 여자의 수 등등, 이것들은 따로따로 처리할 수도 있지만 하나로 통합해 처리할 수도 있어. 이런 10개의 변수를 10개의 자를 붙인 공간에서 하나의 점으로 표현할 수 있지? 아까와 같은 원리잖아. 그렇지? 그것이 10차원이야. 10개의 변수가 하나의 점으로 표현되는 공간, 그것이 10차원 공간이야. 차원이라는 게 별게 아니야."

새로 개업한 실내 포장마차의 유리 벽 밖으로 아침 참새처럼 지저귀는 아줌마들이 떼로 지나갔다.

"인간이 가지고 있는 감각이 몇 개인 줄 아나? 촉각, 후각, 시각, 미각, 청각은 기본이고 균형 감각, 내장 감각, 공감, 공감각까지, 이렇게 한 9개 되나? 인간이 이 9개의 감각을 총동원하여 정교하게 치르는 9차원의 활동이 있어. 그 중차대한 활동이 바로 섹스야. 9차원에서 하나의 점으로 표현되는 중요한 활동이지. 모든 감각이 동원되는 중요한 활동이니만치 성실함은 물론이며 공손하게 경배하는 마음으로 임해야지."

그러면 그렇지. 헛웃음이 나오는 순간이다. 그의 시를 보건대 인간으로서 가진 모든 감각을 깨워 그곳에 동원할 필요는 없어 보였기 때문이다. 물론 주인공은 그가 아니지만.

"네가 인간으로 가진 9개의 감각에 그 초능력적인 지적 능력을 더해 10차원의 집중으로 세상을 이해하려 노력하는 건 어때? 많은 사람이 자신만의 학문과 방법으로 편협하게 접근하는데 너라면 가능할 것 같거든? 잘하지도 못하는 9차원에만 집중하지 말고."

나는 또 비아냥거렸고 순간 술집 안이 조용해졌다. 돌아보니 손님이라고는 우리 한 테이블뿐이었다. 그가 말을 하지 않았기 때문에 조용해진 것이다. 혼자 떠들고 있던 TV도 언제부터인가 꺼져 있었다.

"뭘 잘 못한다는 말이지?"

논점이 비틀렸다. 그의 능력이기도 하다.

"9차원에서 한 점으로 궤적을 그리는 일이겠지, 뭐."

그렇다면 나도 따라가 줘야 한다. 그가 아파하는 논점으로.

"이봐, 작은 것 안에 큰 것의 원칙이 담겨 있어. 작은 것을 이해함으로 큰 것을 이해할 수 있다는 말이지. 세상의 구조야. 9차원을 이해함으로 10차원도 유추 가능한 거야."

"그래서 세계의 구조와 작동 방식을 유추할 수 있다고?"

말을 잘못 꺼낸 것은 나다. 또 긴 시간과 술값은 내 몫이었다.

세계의 작동 방식에 관해

말 없는 저능력 화가 박을 소개해야겠다. 물론 화가로서 박이 가진 예술적 깊이나 능력, 예술을 대하는 신심 등이 저능력하다는 말은 아니다. 일상생활에서 내심을 잘 표현하지 않는 데다 어디에 섞여도 눈에 잘 띄지 않는 박의 성격을 초능력 시인이라 칭하는 그와 반대로 빗대어 붙인 별명이다. 사실 박이 보통 이상으로 굼뜨다는 사실이 이런 별명의 가장 큰 이유였다. 사십대 후반이지만 시원하게 트인 이마 덕에 우리보다 윗줄인 줄 알았던 박이 두엇 아래 또래라는 사실을 안 것도 최근의 일이다. 오다가다 동네 술집에서 건너 자리 사이로 안면이 있었고 동네 사람이라는 사실 정도는 알고 있던 터라 가볍게 목례로 서로를 인정하는 사이였다. 그렇게 얼굴은 눈에 익지만 길에서 마주치면 슬쩍 갸우뚱할 밖에 없는 데면데면함이 무너진 계기가 있었다.

지난가을, 흔하고 흔한 그와의 술자리들 중 하나였다. 술자리를 상상하고는 나를 먼저 나오게 하여 현실에 술자리를 만들어 놓고 느지감치 유리문을 밀치고 들어선 그는 자리에 앉자마자 투덜거리기 시작했다.

"도대체 시민들을 왜, 그리고 무엇을 위문하려 하는지 밝혀야
해!"

"늦었네?"

나는 20분이나 늦은 그에게 변명할 기회를 줬다.

"아니, 위문이라니? 왜 자치단체가 시민을 위문해? 그들 보기에
우리가 그렇게 괴롭기만 한 존재로 보이나? 아니면 우리를 그들이
부리는 아랫사람으로 보나? 윗사람 아랫사람이 어디 있어? 힘들게
일한 마당쇠한테 위문한답시고 사탕 하나 입에 물리는 거야 뭐야?
자치단체가 말이야, 시민을 주체이자 주인이라고 여기지 않고 자신
들이 부리는 아래 계층이라고 생각하는 무의식이 반영된 결과야, 이
일은."

오는 길에 본 시민 위문 공연 포스터에 대한 논평이었다. 가을을
맞아 시가 주최하고 지역 예술 단체가 프로그램과 진행을 맡아 치르
는 행사의 이름이 시민 위문 공연이었다. 그저 오래된 관습으로 붙
인 제목이기에 나도 거슬리기는 했던 터였다. 그러나 저리 달아오른
그를 보면서 혹시 약속에 늦은 자신의 궁색함을 가리기 위해 두른
구멍 뚫린 모기장이 아닐까 추측하는 사이, 그는 시원하게 한 잔 들
이켰고 다음 순간 그의 오래된 전화기가 구슬프게 울었다.

"어, …그래요? 아, 그럼…, 아, 바쁘긴 한데, 어…, 일정을 봐서
…, 그래도 가능하면 가야죠. 아, …예."

나는 궁금했지만 묻지 않았다. 그가 곧 털어놓을 것이기 때문이
다. 그는 자신에 찬 목소리로 소주 한 병을 추가하고는 흡족한 눈으
로 나를 바라보았다.

"이번 일, 나하고 같이할 수 있겠어?"

그의 표정만 봐서는 예술 단체의 거대 프로젝트에 귀하게 초빙된 예술가였다.

"뭔데?"

이참에는 시원하게 소맥 한 잔을 함께 나눠야 한다. 맥주도 한 병 시켰다.

"아까 그 위문 공연 말이야. 나와 자네의 힘이 필요하다는군."

애기인즉 동네 도서관 뒤 공터에서 시민 위문 공연이 열리는 행사 당일, 무대에 오르는 4개의 계단마다 안전 요원이 한 명씩 있어야 한다는 조건이 행사와 관련된 보험에 명시되어 있다는 것이다. 주변 부대의 군악대 연주, 걸 그룹 한 팀, 그리고 대부분 잘 모르는 트롯 가수로 채워지는 지역의 공연 무대일지라도 연예인이 출연하고 시민들이 참석하기 때문에 보안 경계에 대한 계약 조건이 있다고 했다. 시의 예술 단체는 그래서 공연의 보안 요원으로 동네 아저씨들 넷을 선정하고 있었다. 형광색 조끼를 입고 빨간 음주운전 단속봉(그는 경찰이 들고 흔드는 빨간 지시봉을 꼭 이렇게 불렀다. 아마도 아픈 경험의 산물이 아닐까 싶지만 그는 확인해 주지 않았다)을 들고 무대 계단 아래 서서 일반인이 무대에 오르는 불상사를 막는 막중한 임무의 보안 요원이었다. 일당은 5만 원. 그는 시민을 애써 위문하는 공연에 5만 원어치의 힘을 기꺼이 보태야 한다며 머뭇거리는 나를, 내 이름을 담당자에게 또박또박 불러 주었다.

박을 만난 곳은 초저녁 공연 무대 앞이었다. 아저씨 4명은 그와 나, 단체 직원과 박이었다. 박과는 안면이 있었기에 쉬이 악수로 인사를 나누고 중국집으로 향했다. 진행 요원들을 위한 저녁 식사였다. 식사가 나오자마자 그는 '짜장면에는 빼갈이지!'를 중얼거리며 의심 없는 버릇처럼 고량주 한 병을 주문했고 이를 본 행사 담당자는 손사래를 쳤다. 행사비로 식사가 아닌 술을 살 수는 없다는 완고한 입장이었으며 여기에 진행 요원들이 술을 마신다는 사실을 알면 주최 측에서 책임을 물을 수도 있다는 것이었다. 일리 있는 말이었다. 그는 난감해하며 입맛만 다시고 있었다. 그때 뜻밖에도 박이 나섰다.

"그라믄 대간헌디. 머 작정허구 마시는 술도 아니잖유. 걍 반주로 한잔허는디 머어 워쩐대유? 짜장에 묻구 입안에 묻구 목구멍에 묻구 머 넘어갈 것두 읎겠구먼. 그라고 술값은 따로 내가 내면 되잖유."

순간 구수한 동네 사투리가 테이블을 덮자 진행 요원의 말투는 극적으로 바뀌었다.

"고향이 어디래유? 저짝 광석리 아녀유?"

"아, 그라고 본께 행중이 동상 아닌가? 그려, 낯이 익더만."

"어유, 동네 형님이고만, 반갑긴 헌디유, 술은 쫌만 드셔유. 그래두 일은 해야쥬."

굼뜬 박이 한 건 해결한 것이다. 박은 동네 토박이였고 그렇게 지역의 미술대학을 졸업하고 동네에서 작은 학원을 하면서 조용히 그림만 그리며 산다고 했다. 그러나 결혼은 했는지, 아이는 있는지 등 사생활에 관해서는 의견이 분분했다. 박 스스로 자신의 이야기는 거의 하지 않았기 때문이었다. 그래서 박에 대한 사실을 입에 올리는 사람 대부분은 박이 정해진 시간에 정해진 길로 혼자 동네를 산책하는 모습으로 기억하고 있었다. 복장은 장에서 파는 짝퉁 등산복이었고 같은 옷 여러 벌을 사서 계속 입는다고 했다. 이런 사실을 눈치 챈 이는 옷에서 지워지지 않는 물감 자국이 매번 바뀌는 사실에 주목했다고 하니 시민의 관찰력을 높이 살 일이다. 이 모든 정보가 그날 저녁 진행 요원을 따라다니며 들은 얘기였다.

박 덕분에 만족스럽게 반주를 곁들인 그는 박에게 한결 친근함을 느꼈으리라. 결국 그는 박과 함께 무대의 좌측 계단 두 개, 그러니까 동네 골목을 접한 아무도 없는 쪽을 맡았다. 반대로 나와 단체 사람은 출연자들이 오르내리는 쪽의 계단을 맡았다. 뭐 그리 큰 계산을 하고 나눈 임무는 아니었다. 기준은 그저 '지는 저리루 갈거구만유'와 '그랴, 그럼'이었다. 행사는 시작되었고 내가 있는 쪽은 출연자들이 바쁘게 오르내리는 관계로 조금 부산하기는 했지만 딱히 할 일은 없었다. 그저 오르내리는 여성 출연자들의 요란한 복장과 몸매를 힐끔 곁눈질로 보는 것이 대부분의 임무였다.

반대편 그와 박도 마찬가지였다. 조금 시간이 흐르자 건너편 둘은 무대 2미터 후방에 관객 저지선이라는 얇은 테이프를 두른 것으로 모든 임무를 끝낸 듯 무대 위에 팔꿈치를 얹어 턱을 받친 상태로 대놓고 출연자에 빠져들기 시작했다. 멀리서 봐도 둘의 눈은 고량주의 도수만큼 먼 곳을 보고 있었다. 형광색 조끼와 붉은빛을 발하는 긴 음주운전 단속봉만 없었다면 그냥 흔하게 볼 수 있는 취기 오른 동네 아저씨들이었다. 아니 눈만 보자면 아이돌 스타를 바라보는 여중생의 종교적인 선망에 가까웠다.

그런데 문제는 처음 객석에 자리한 관객이 전부가 아니라는 사실이었다. 무슨 일인지 궁금했던 동네 사람들은 식사를 마치고 천천히 집을 나섰고 요란한 조명과 시끄러운 음악 소리는 모기를 부르는 한

여름의 모깃불처럼 사람들을 끌어모았다. 무대 주변은 사람들로 겹을 치기 시작했고 조금이라도 가까이에서 보려는 사람들은 무대 옆으로 밀려들었다. 마치 장맛비로 순식간에 불어난 냇물이 낮은 도로를 훌쩍 삼켜 버리는 장면이었다. 관객석 앞 다섯 줄 정도를 질서 있게 채우고 있던 부대 사병들도 점차 흥분하기 시작했다. 짧은 치마의 백댄서를 거느린 여가수의 익숙한 도발을 기점으로 연쇄반응이 일어나기 시작한 것이다.

감당할 수 없는 혼돈의 징후를 먼저 깨달은 사람들은 반대편, 그러니까 내가 있는 쪽에서 바라보는 이들이었다. 행사 진행자들은 머리에 찬 무전기에 대고 연신 뭐라 소리를 질렀고 젊은 몇이 그쪽으로 뛰어가기 시작했다. 늦게나마 이런 움직임을 눈치 챈 이는 박이었다. 박은 주변에서 일어나는 혼돈의 낌새를 느끼고 아마도 본연의 임무를 떠올렸을 것이다. 이미 박과 그를 완전히 둘러싸고 무대를 향해 밀치기 시작한 사람들에게 박이 슬로우 모션으로 흔드는 빨간 음주운전 단속봉은 마치 군중을 향해 건네는 나직한 환영의 인사 같았다.

처음 사람들의 목적은 조금 더 가까이에서 늘씬한 댄서를 보는 것이었지만 잠시 후 '내가 자네보다는 앞에 있어야 하지 않겠는가?' 이런 몸 비빔으로 번졌다. 이쪽에서 더 많은 진행 요원들이 뛰어갔다. 난파당한 박의 빨간 봉이 인파 사이로 떠밀려 사라진 후에도 한참 동안 공연에 빠져 있던 그는 첫 번째 반바지 아저씨가 무대 위에 올라섰을 때조차 자신이 먼저 올라가지 못한 일을 안타까워하는 눈빛이었다. 잠시 후 상황의 심각성과 자신의 임무가 어떻게 연결되어 있는지 상기한 그는 당황한 눈빛과 함께 어디론가 연기처럼 사라져 버렸다. 과연 초능력자였다.

곧 카오스의 물결이 공연장을 휘몰아쳤다. 무대 위는 슬리퍼의 아저씨들과 혈기만 남은 군인들, 그리고 아빠를 따라 마실 나온 아이들이 점령한 진정한 민주주의의 무대가 되어 있었다. 많은 사람들이 즐거웠고 잠시 후 많은 사람들이 평화롭게 흩어진 저녁이었다. 아쉬움이 있다면 농염한 가수들이 이미 무대에서 사라진 이후라는 사실과 그와 박을 비롯해 몇몇 진행 요원들이 실종되었다는 사실이었다.

보험사와 시, 예술 단체 사이에 어떤 얘기가 오갔고 어떤 결론이 났는지 알 수는 없지만 일주일 후 모두의 통장에는 그날의 일당으로 5만 원이 찍혔다. 그러나 20분 간 중지된 공연에 대해 전적으로 책임을 져야 하는 지역의 예술 단체는 우리 셋을 공공의 적으로 간주했고 앞으로 있을 어떤 행사에도 참여할 수 없을 것이라고 공공연하게 떠들고 다녔다. 이 소심한 복수는 그와 내가 들른 술집에서 확인할 수 있었다. 그러나 무엇이 문제라는 말인가. 입금이 되었는데. 또하나 성과라고 할 수 있는 것도 있으니 친구가 거의 없던 그와 박이 위기의 순간 나타나는 동질감을 바탕으로 상당히 돈독해졌다는 사실이다.

우리 우주의 버릇이

그렇다 하더라도 박은 술자리에서 부르면 절반 정도 나오고 안 부르면 절대 안 나오는 그런 사람이었다. 그리고 박은 말이 없었다. 그가 열심히 떠들 때면 박은 예의 미소를 지으며 들었다. 그러면서 딴생각을 하는가 싶을 때 간혹 날카로운 질문을 던지기도 하고 이야기에 빠져 열심히 듣는가 싶다가도 돌아보면 핸드폰에서 엉뚱한 그림들을 찾아 보여 주고는 했다. 같이 있지만 딴 곳을 헤매는 사람 같았으며 먼 땅에서도 같은 채널을 보고 있는 사람처럼 쿵짝을 맞추기도 했다.

그런 박과 그가 같이 산에 오르기로 했다. 박이 혼자 등산을 다닌다는 말을 듣고 그가 박에게 산에 한번 가자고 던진 말이 현실이 된 것이다. 데면데면한 사람과 통화하다가 던지는 '언제 밥이나 한번 먹죠' 이런 구체성 없는 밀어내기 인사였다. 술자리에서 '나도 산에 한번 가야지!' 이 말을 의미 없이 투척했는데 어느 일요일 아침 박이 그에게 전화를 한 것이다.

그가 다른 곳에서 살다가 우리 동네로 언제 이사 왔는지 정확하게 아는 사람은 없지만 짧지 않은 시간이라는 사실에는 모두 동의한다. 그는 그 시간 동안 동네 바로 뒷산인 계룡산에 단 한 번도 오르지 않았다. 물론 산 아래에서 마신 술만 따라도 족히 작은 개울 하나로 흘렀을 것이다. 그런 그가 등산이라니.

그는 박에게 대놓고 거절하지 못하고 나에게 전화했다. 박을 좀 말려 달라는 부탁이었다. 나는 말했다. 말려야 할 빨래는 다 말렸으며 더 말릴 기운도 생각도 없다고, 그러니 오랜만에 산에 다녀오라고. 잠시 후 박이 내게 전화했다. 나도 함께 산에 가자고. 박은 굳이 숨기려 들지 않았다. 그가 박에게 전화해 나도 끌고 나오라고 시켰다고.

그날의 산행은 동네에서 출발해 왕복 4시간 코스인 국사봉으로 잡았다. 물론 초보자들을 배려하는 마음으로 박이 잡은 짧은 코스였다. 일요일 아침 호박빵집 앞에 서서 나를 기다리고 있는 둘의 모습은 서로 어울려 기괴함을 연출했다. 박이야 워낙 변함없는 모습이었다. 우리나라에 사는 조금 작고 마른 아저씨들을 모아 평균을 냈다면 정확하게 박의 사이즈가 나왔을 것이다. 여기에 시원하게 올라간 이마는 야구 모자로 가렸을지언정 빛나고 있었고 검은색을 기준으로 크게 벗어나지 않는 범위의 색상들이 어울린 시장표 등산복과 작은 배낭은 거의 박의 등록상표 같은 것이었다. 그는 박보다 한 걸음 더 나아갔다. 농부들이 기계로 풀 벨 때 쓰는 모자(그는 벌초 모자라고 불렀다)가 먼저 눈에 띄었다. 챙이 넓고 전면에 모기장이 늘어져 있는 모자가 통통한 그의 몸 위에 앉아 얼굴을 가리자 「은하철도 999」의 주인공 철이가 그 모습 그대로 중년이 된 경우 중 좋지 않은 쪽의 몇 안에 들 모습이었다. 신발은 달리기용 운동화에 발목까지 올라가는 양말을 신었고 그 양말은 그의 트레이닝 바지 아랫단을 야무지게 잡아먹고 있었다. 웃음이 쏟아지기 전에 먼저 뭔가 비장한 결기 같은 것이 느껴지기는 했지만 그렇다 하더라도 웃지 않을 도리도 없었다.

달리기 운동화는 산행에서 만나는 많은 돌부리에 잘 미끄러지고 발목을 보호하지 못한다. 등산과 거리가 먼 나도 아는 상식일진대 그렇다면 그가 운동화를 신고 나온 데에는 다른 이유가 있을 것이다. 짐작은 어렵지 않다. 남몰래 뜀박질로 다져진 자신의 체력을 박에게 여실히 인정받기 위해서는 그 운동화가 필요했으리라. 그는 가끔 종교처럼 현물 상징주의를 믿었다. 그가 지정한 소주잔이어야 가장 맛있는 소주의 상태를 끄집어낸다고 믿었으며 자신의 운동화야말로 자신의 체력을 보여 줄 수 있는 상징인 것이다. 내 강력한 설득으로 바지 밑단은 양말에게서 벗어날 수 있었지만 모기장 달린 안전 모자와 달리기 신발은 방법 없이 등산 장비로의 임시 임무를 맡았다.

너무 길어진다. 이 책의 목적이 잡다한 일상을 수집하는 데 있지 않은 이상 좀 더 빨리 걸어야 한다. 그와 나는 처음에 좀 빨리 걸었다. 아마도 조금 긴장했을 것이다. 아무리 산과 멀리 지냈다 한들 이 땅에서 현역으로 군복무를 마친 지 30년 밖에 안 된 남자의 자존심이 있었고 또 그에게는 남몰래 갈고닦은 비밀 체력이 있지 않은가. 자그마한 박이 산에 잘 오르면 또 얼마나 잘 오를지, 속내는 박을 후하게 평가하지 않았다.

산의 초입은 그리 경사가 급하지도 않았고 눈에 익숙한 뒷산의 능선은 마음을 편안하게 해 주었다. 그래서 우리는 조금 빨리 걸었다. 박은 천천히 걸었다. 초반 양상은 이랬다. 우리가 부지런히 걸어 박과의 거리를 벌려 놓고는 잠시 긴장을 늦추면 어느새 박은 편안한 웃음과 함께 바짝 뒤에 붙어 있었다. 이런 상황이 몇 번 반복되면서 20여 분이 지날 무렵 이미 그와 나는 온몸이 흠뻑 젖은 채로 탈진해 가고 있었다.

그의 벌초 모자는 등 뒤로 넘어가 수시로 그의 목을 조르기 시작했으며 운동화가 돌 위에서 미끄러질 때마다 그는 북풍에 머리채 잡힌 갈대처럼 위태롭게 나부꼈다. 우리 둘은 미소와 함께 한 발씩 내딛는 박의 느린 걸음을 도저히 따라갈 수 없었다. 지름길이라 추측되는 길로 가로질러 가도 박은 저만큼 앞에서 천천히 걷고 있었다. 박의 느린 걸음을 도저히 따라갈 수 없었다. 그는 전략을 바꿨다. 일종의 지연작전으로 박과 템포를 맞춰 걸으며 이것저것 질문을 퍼붓다가 틈틈이 박의 팔을 부여잡고 주저앉아 버렸다. 박은 웃으며 같이 앉아 주었다.

열 번째인가? 주저앉았을 때에는 목표한 정상까지 절반 정도 거리를 남겨 둔 상태였고 그는 아예 일어날 생각이 없어 보였다. 그는 가방을 열고 모가지 긴 캔 맥주 세 개를 꺼냈다. 정상 등반 포기 기념 술자리일 것이다. 정말 맛있게 두어 모금을 넘긴 박은 뜻밖의 얘기를 꺼냈다.

"마법이란 거 말이유. 생각해 본 적 있슈?"

그는 나무 벤치 위에 드러누워 버렸다. 그러면서도 대화에서는 빠질 생각은 없었다.

"해리 포터? 그런 거 말이지! 물론 나도 많이 생각해 봤지. 마법 말이야."

오십 앞뒤의 두 남자, 초능력 시인과 저능력 화가가, 저능력 체력과 초능력 미소가 산중에 드러누워 마법에 관해 이야기를 하고 있다. 이 희극적 상황에서 가장 필요한 마법을 고르라면 저 중 무거운 한 사람을 담뿍 들어 산 아래로 옮겨 놓는 일이었다.

"마법이라면 내가 정의해 주지. 마법은 초능력자로 타고나지 못한 사람이 교육의 힘을 빌려 초능력을 경험해 보려고 하는 일종의 편법이야. 그러니까 초능력의 저소득층을 위한 환상이라는 결론이지. 좀 안됐지만 세계는 냉정하거든."

언젠가 마법이 나오는 영화를 보던 그가 혼자 중얼거렸던 얘기들 중 하나였다. 마법이란 자연의 법칙을 뛰어넘어 자신의 욕망을 채우고 싶어 하는 편법적 환상이라는 것이다. 그렇기에 자세히 들여다보면 비틀어진 욕망의 구조와 닮아 있다고. 물론 나는 마법에 관해 자세히 들여다볼 시간이 없었다.

"그렇쥬? 편법이라는 말 귀에 쏙 차네유."

박이 말을 마치자 사람의 말이 아닌 나무와 풀을 흔들고 지나는 바람이 한동안 속살거렸다. 그는 거의 실신 상태였다. 박이 다시 입을 열었다.

"오십 가차이 살어 보니께 우리 세계에서 제일 쎈 마법이 뭔지 알겄슈."

"우리 세계에서 제일 쎈 마법? 그거 궁금한데."

초죽음에 이른 그의 상태보다는 입을 연 박의 결론이 궁금해졌다. 말 자체를 아끼는 친구가 먼저 말을 꺼내고 느낀 바를 주장하려 하는 순간이었다. 박이 『해리 포터』와 『반지의 제왕』 같은 소설을 많이 읽었다는 얘기는 들었지만 이 자리에서 알아들을 수 없는 마법 이름을 꺼내지는 않을 거였다.

"우리 세계에서 젤루 강력한 마법은 걍 뚜벅뚜벅 걸어가는 거유. 우리 우주가 그렇게 생겨 먹었슈. 이짓도 해 보구 딴짓도 해 보고 이 생각 저 생각 다 해 봤지만서두 내가 가야 헐 데, 또 되고자픈 게 있으믄 걍 뚜벅뚜벅 거기루 걸어가는 거시 젤루 빨러유. 초능력이구 머구 당최 소용읎슈. 그냥 거기를 바라보믄서 걷는 거시 젤루 쎈 마법이지유."

넋두리로 화하다

박은 웃으면서 떠났다. 나온 김에 목적지인 국사봉까지는 다녀와야 후련하다는 것이다. 박은 마시던 캔 맥주를 배낭 옆구리에 꽂고는 으레 그 느린 신발을 타고 나무들 사이로 사라졌다. 국사봉 어디쯤 숨어 있을 절대 반지를 찾아 떠나는 마법사 같았다. 좀 추레한 마법사.

눈뜬 시체의 형상으로 누워 있던 그가 가까스로 입을 움직였다.

"저 인간, 진정한 마법사였어."

그리고 그는 신들린 사람처럼 말하기 시작했다. 누운 그대로, 눈 뜬 그대로. 벌초 모자는 그의 배 위에서 불규칙하게 오르내렸다.

"축지법 하나 배우려면 얼마나 많은 시간과 노력이 필요할까? 먼저 축지법을 할 줄 아는 스승부터 찾아야지. 눈 감고, 귀 막고, 입 다물고 3년씩, 도합 9년을 보내야. 그리고 열심히 수련하다가 그 스승이 뜬금없이, '자네는 소질이 없다네', 또는 '축지법에 거부반응을 보이는 DNA를 가지고 있구만' 뭐 이러면서 쫓아내면 어떤 법 조항을 근거로 그간의 노력과 시간, 돈을 되돌려 받을 소송을 제기할 수 있을까? 축지법에 의지하지 않고 그냥 뚜벅뚜벅 걸어가면 벌써 그곳에 도착해 집 짓고 자리 잡아 학부모까지 되었을 거야. 또 그 자식이 쯤 자라서 마법을 배우겠다고 호그와트에 원서 내려고 하면, 먼저 그쪽에 최적화된 학원부터 알아봐야지, 그렇게 재수, 삼수 몇 년을 보내고 돈 밝히는 호그와트 행정 직원과 줄이 닿아 입시 부정으로라도 들어갔다 치자. 그곳에서도 일단 인종차별을 뿌리로 하는 왕따적 환경을 헤쳐 나가야지, 선후배 사이의 서열 문화를 극복해야지, 또 검은 세력을 업은 선생들과 싸워야지, 허리우드로 진출하기 위해서는 유명해진 선배들에 줄 잘 대야지, 뭐 그렇게 열악한 환경을 극복하고 졸업해서 몇 가지 마법을 쓸 줄 안다 치더라도 이미 배출된 수많은 졸업생들과 경쟁해야 하잖아. 대형 마법 펌이나 마법 교직은 언감생심, 백인들이 다 차지하고 그냥 변두리 마법 학원이나 차려 입에 풀칠이라도 할라치면 또 애비에게 손 벌리겠지. 임대료가 비싸다고. 박의 말이 맞아. 우리 세계에서 가장 최고의 마법은 그냥 그곳을 향해 뚜벅뚜벅 걸어가는 거야. 걷다 보면 그곳에 서 있는 자신을 발견하는 거야. 그런 면에서 박은 이 세계 최고의 마법사야."

기분이 묘했다. 산중에 앉아 옆에 누운 시체의 넋두리를 듣는 일.

우리 우주의 버릇은

최소 작용의 원리이다. 우리 우주는 그렇게 작동하는 구조를 가지고 있다. 동양에서 도(道)라고 부르는 것도 바로 최소 작용의 원리에 따라 우주가 움직이는 방식을 말하는 것이다.

기적적으로 산을 내려와 사막을 건너온 자가 우물을 찾듯 기어들어 간 술집에서 그는 부활 의식처럼 소맥 몇 잔을 들이켰다. 위 두 문장은 얼추 정신을 차린 그가 쏟아 냈던 언사들의 핵심을 간추린 것이다. 박이 던진 짧은 말에 그는 적잖이 충격을 받은 듯 묻지도 않은 해석을 쏟아 내고 있었다. 그러다가 입을 다물고 천정에 시선을 꽂고 그는 꼼짝하지 않았다. 혹시 아직 학계에 보고되지 않은 희귀 벌레와 눈싸움을 하고 있나 확인해 봤지만 천정 벽지에는 주방에서 올라온 기름때가 그린 몇 겹 얼룩 동심원밖에는 없었다.

일요일 낮 작은 술집에는 그와 나 둘뿐인 것 같았지만 그는 천정에 있는 다른 누군가를 쳐다보고 있었기에 나는 자연스레 화장실로 갔고 오랜만에 쭉 뺀 땀만큼이나 깨끗이 장을 비우면서 오래오래 앉아 있었다. 그런데 내가 테이블에 돌아왔을 때에 술의 잔량은 일어나기 전과 같았다. 빈 병의 수도 같았다. 그는 뭔가 열심히 끼적이고 있었다. 그러니까 내가 자리를 비운 짧지 않은 시간 동안 술 한 잔도 마시지 않고 새로 문을 연 헬스클럽 광고지 뒷면에 그는 미친놈처럼 뭔가 적고 있었다. 물론 나는 궁금하지 않았다.

그런데 그도 자신의 메모를 궁금해하지 않았다. 열심히 적어 놓고 술이 거나해지자 테이블에 고이 모셔 놓고는 그냥 일어나 집에 가 버린 것이다. 이해한다. 피곤했을 것이다. 술은 피곤이라는 파도를 타고 효과적으로 온몸을 장악했을 것이다. 버릇처럼 그는 말없이 사라졌고 식탁 위에서 힘 좋고 늘씬한 외국 여인이 역기를 든 채로 나를 노려보고 있었다. 그는 여자의 등 뒤에 우주의 버릇에 관해 뭔가를 적어 놓고는 사라졌다. 나는 마뜩잖았지만 종이를 주머니에 구겨 넣었다. 후일에 그에게 전달하기 위해서였다. 물론 그는 기억 못 할 터이지만.

혹시 궁금할 사람이 있을지 몰라 메모를 옮겨 본다. 그에게 돌려 주기 전에 후딱 읽으시길. 물론 궁금한 사람만.

우리가 도(道)라고 부르는 것은 모름지기 자연이 움직이고 변화하는 방식이자 우주가 운행하는 원리이다. 물은 능선을 따르지 않고 계곡에 몸을 맡겨 가장 짧은 거리를 통해 가장 낮은 곳을 향해 흐른다. 바로 과학이 말하는 최소 작용의 원리이자 이것은 도에 다름 아니다. 빛을 따라가 보자. 빛은 시공간에서 최소 작용으로 이동한다. 가장 짧은 거리가 가장 빠른 거리는 아니라는 말이다. 평평한 시공간에서는 직선이야말로 작용량이 가장 작은 거리이며 휜 공간에서는 빛이 그리는 곡선이 최소 작용의 궤적이고 서로 다른 매질을 통과할 때 빛이 자신의 몸을 꺾는 각도가 두 매질을 통과하는 최소 작용의 길이다. 도가 따르는 길이며 그 길을 걷는 일을 도에 따른다 할 것이다. 중력장 안에서의 도는 편안하게 늘어뜨린 줄이 그리는 현수선이며 사랑이 작용하는 공간 안에서는 서로를 바라보는 따뜻한 시선과 맞잡은 손을 따라 흐르는 온기의 길이 최소 작용의 궤적이다. 어떤 종류의 힘이 미치는 시공간이건 그 안에서 서로 영향을 주고받으면서 서로에게 움직이는 길을 알려 주는 것이 운행이고 그 원칙이 도이다. 왜 그럴까? 자연은 항상 가장 작은 에너지를 가진 상태를 유지하려고 한다. 그래서 물은 위치 에너지가 작은 아래쪽에 몸을 두려 가장 효과적인 길을 따라 흐르고 전자(electron)는 가장 낮은 궤도에 머무르려 한다. 물질들은 구형으로 뭉치고 사람은 자꾸 바닥에 누우려 한다. 그들은, 우리는 어떻게 움직이는가? 최소 작용의 경로를 따라 움직인다. 자연은 모든 가능한 운동 가운데 작용량이 최소화되는 운동을 선택한다. 중력장에서 현수선과 빛이 지나는 직선이 그것이다. 나도 그 길을 찾아 움직여야 한다. 수학적 에너지를 가장 적게 소비하는 길을 따라 에너지 준위가 가장 낮은 곳으로.

(메모지 뒷면에 건강한 여성의 사진이 있으니 밝은 곳을 향해 잘 비춰 살펴보시길)

안팎을 뒤집는 일일지 모른다고

저능력 화가 박에게서 전화가 왔다. 최근의 사건들 중 가장 놀랄 일이었다.

"시인 형님 어디 가셨슈?"

그가 이틀째 연락이 안 된다는 것이다. 나는 말했다. 지난번에 그렇게 고생을 시켰으면 며칠이라도 그를 혼자 놔두라고. 물론 박이 먼저 연락하는 스타일은 아니지만 타박은 타박이어야 하니까. 지금 그가 박에게 좋은 감정 상태를 가지고 있을 수는 없을 터였다. 몸으로 고생시킨 것은 그렇다 치더라도 쓸데없는 깨달음을 준 사람이 박이어서 더 불편할지도 모른다고. 그는 충분히 그러고도 남을 면적의 소갈머리를 가지고 있다고. 마지막 부분은 말하지 않았다.

"아뉴, 집식구들도 어데 갔는지 몰르는 눈치던데유."

오늘 저녁이면 어디 술집에 앉아서 버럭 전화할 거라고, 그러면 꼭 나가서 위로 좀 하라고 대충 내두르고는 전화를 끊었다. 그가 사라졌다는 사실은 익숙지 않은 상황이었지만 나이가 오십이 넘은 중년의 남자가 하루 집에 안 들어왔다고 여럿이 후다닥 콩 볶을 일도 아니었다. 그런데 갑자기 누가 시키기라도 한 듯 이메일을 확인해야 한다는 생각이 들었다. 한두 가지 마감에 밀려 이틀째 열어 보지 않았던 메일함에는 메일이 여럿 쌓여 있었다. 이상한 느낌에 광고 메일들을 하나씩 지워 가면서 찬찬히 살폈다. 두 번째 페이지를 열자 그제 밤에 그가 보낸 메일이 오래된 퇴적층처럼 끼여 있었다.

'별 참, 웬 메일을.'

제목을 읽고는 실소를 터뜨리지 않을 수 없었다.

—RE: RE: RE: RE: RE: RE: 친구에게

여러 번 오간 답장이라는 표시는 지우지 않고 그 자리에 촌스러운 제목만 달아 놓은 것이다. 더욱이 '친구에게'라니! 제목만 보자면 별로 친하지 않은 친구에게 돈을 빌리기 위해 쓴 메일의 모양이었다. 동원할 수 있는 온갖 감언이설에 비굴함, 여기에 은근한 협박까지 용해시켜 내어놓은 마시지 못할 칵테일 같은 메일. 물론 그의 예측 불가능한 자존심의 행태를 보건대 내게 손을 벌려 돈 얘기를 할 리는 없었다. 내용은 좀 뜬금없는 것이었다. 메일의 내용을 옮기는 사이사이 나도 모르게 터지는 말들은 괄호 안에 넣었다. 메일에 첨부된 파일은 한 편의 시로 시작했다.

시 거울이 뒤집는 것

공만 보면 칼집을 내어 뒤집고
뒤엉킨 암흑의 실밥들이 바깥이 되는 순간에 맞춰 절망하던 버릇이
크기를 보는 눈을 지웠다 그것도 시절이었다

핏빛 저녁이 발자국마다 고여 수몰되는 둑에서
검은 비닐을 뒤집어 찾은 작은 씨앗 하나
시린 손으로 그것을 뒤집자 생명을 연결하는 모든 끈들이
한겨울 허공을 가득 채웠다

비스듬히 창을 타고 들어온 석양의 한숨에만 반응하는
먼지 하나는 조각난 입김으로 갈라야 했다
그렇게 반짝이던 먼지가 안팎을 뒤집자
온전히 우주 하나가 튀어나왔다
허망의 입자가 전체가 되는 순간 놀랄 수도 없었다

거울 속 나보다 크지도 작지도 않은 허상에게 물었다
너는 왜 반전상(反轉狀)이냐고 왜 나만 하냐고
거울 속의 그것은 대답 대신

자신의 안팎을 뒤집었다 그러자 여기에 내가 있었고
나를 뒤집자 그것은 다시 거울 속으로 들어가
무한한 반비례의 관계 한가운데에서 나를 노려보았다

우주를 뒤집어야 하나의 먼지이듯
더 작은 한숨이어야
이 세계에 없는 것을 말할 수 있다는 비문(秘文)에 따르면
이 반비례의 법칙에 따르면
장마마다 흘러내리는 흙더미 같은 생을 뒤집어야
깊은 잠 한 조각을 솎아 낼 수 있다는데
그렇게 희죽거리며 돌아가 거울 앞에서 따질 수 있다는데
내 안팎을 뒤집은 너는 왜 칠흑이냐고

진정한 초능력은 세계의 비밀을 눈치 챈 자만이 가지는 숨길 수
없는 태도이고 그에게서 나는 향기야. 사람을 현혹하는 저열한 잔
재주가 아니라 깊이 닿는 시선이고 먼 곳의 흔들림에 같이 전율하
는 잔털이야.(아하, 이것이 그가 면도 안 하는 이유였구만!) 농부의
비밀을 알고 있나? 그들이 힘들고 고된 그 일을 뜨거운 대지 위에서
어떻게 혼자 견뎌 내고 있는지, 왜 그 일을 하고 있는지 아무도 이
해 못 하지. 깊은 곳에 닿아 본 사람만이 알아, 느끼지, 그리고 즐기
지. 농부들은 그들만의 세상을 아무에게도 알리고 싶지 않았던 거
야. 침묵과의 교섭, 그들의 일은 자연을 매개로 거대한 침묵과 나누
는 깊은 교통이었어. 영혼의 바닥에서 침묵과 나누는 말 없는 대화
였어. 그래서 그들은 말하지 않았고 또 말로 표현할 수도 없었을 거

야. (이름 모를 풀들이 주요 작물인 다섯 평짜리 주말농장에서 이런 깨달음을?)

진정으로 세계와 마주 서는 순간, 마주 설 수 있는 사람이라면 거대한 무의미에 진저리 칠 수밖에 없어. 침묵과 똑바로 눈 맞추는 농부의 자세와 같아. 이 세계의 바닥에 흐르고 있는 검고 거대한 무의미를 마주하면서 주눅 들지 않고 뚜벅뚜벅 그 안으로 걸어 들어갈 수 있는 능력이야. 초능력은 그것을 짊어질 수 있는 능력이야. 허망에 빠져 허우적거리면서도 죽지 않고 두리번거리는 호흡이지.

그렇다면 이제 우리가 넘지 못할 벽은 두 가지만 남았어. 빛의 속도라는 시공간의 벽과 저 광대한 무의미의 벽이야. 그러나 세계는 내게 속삭이지. 해결할 수 있어. 뛰어넘을 수 있어. 진정한 초능력이지. 삶이야말로 이런 궁리를 하라고 펼쳐 놓은 연습장 아니겠어? 나는 답을 찾았고 또 찾고 있지. 찾을 것이고 또 찾았지.

궁금하지?

(아니!)

안팎을 뒤집는 거라고

내가 찾은 답은 뒤집는 거야.

거울을 통해 바라본 나는 왜 좌우가 바뀌어 있을까? 사람의 눈이 좌우로 두 개 붙어 있어서? 아니야. 거울은 좌우를 바꾸는 게 아니야.

안과 바깥을 뒤집는 거야. 거울 속의 나를 꼼짝하지 못하게 노려보면서 지금부터 잘 생각해 봐! 내게 아주 얇은 피부가 있다고 생각해. 그리고 지금부터 나를 둘러싸고 있는 그 얇은 피부를 벗기는 거야. 그리고 거울 안에 있는 내 형상에 그대로 입히는 거야. 그 과정에서 피부의 안과 밖은 뒤집히지. 그리고 내 정신을 잠시 그에게 빌려줘 봐. 거울 안에 있는 또 다른 나에게 마음을 이입해 보라는 거야.

이것이 과학이 찾은 정답이야. 거울 안의 나는 안팎이 뒤집혀 있고 그 뒤집힌 상에 다시 나를 투사한 거지. 투사는 인간의 본능이야. 우리는 흔히 좌우만 바뀌었다고 생각하지만 거울은 안팎을 뒤집어.

이것이 답이야! 먼지의 속과 겉을 뒤집으면 훌렁 이 우주가 나타나듯 우주를 뒤집으면 한 점 먼지가 되겠지. 감당할 수 없는 거대한 무의미를 뒤집으면 한 점의 이유가 되는 것이고 한 점의 희망을 뒤집으면 별 하나 없는 암흑의 하늘이 나올 터이고 숨 막히게 장엄한 가을 저녁 하늘을 뒤집으면 생명을 포기한 한 톨 씨앗이 될 수 있지. 나는 이 일을 반비례적인 상보성이라고 이름 붙였어. 어렵지 않아 잘 따라와 봐.

뒤집는 일? 그거 쉬워. 차원을 하나 높이면 간단하게 뒤집을 수 있어. 2차원이라고 할 수 있는 종이의 위아래를 우리는 간단하게 뒤집을 수 있잖아? 우리는 3차원의 존재이니까. 3차원인 축구공의 안과 밖은 어떻게 뒤집지? 우리는 어쩔 수 없이 칼을 써야 해. 찢어서 뒤집을 수밖에 없어. 구조를 2차원으로 바꾸는 거지. 자, 그럼 4차원의 존재는 공을 찢지 않고 아주 간단하게 뒤집을 수 있겠지? 이제 차원을 올리고 내리는 초능력이 필요해. 차원만 올린다면 저 장엄한 무의미의 벽도 간단하게 뒤집을 수 있지.

너무 길어졌군. 친구! 너하고 나는 좋아하고 싫어하거나, 그래서 헤어지거나 할 수 있는 그런 사이가 아니야. 너는 나를 뒤집어 놓은 존재일지 몰라. 상보적인 존재, 내가 유일하게 부러워하는 사람이 너야!

(지랄!)

지랄 같은 메일은 여기까지였다.

그래서 갑자기 너무 많이 깨달으면 죽는다는

말처럼 나이 드는 일은 또 이렇게 반드시 깨달아야 하는 것들이 숙제처럼 늘어나는 일이기도 하다. 그는 지금 이 동네에 없다. 갑자기 밀려드는 깨달음을 감당할 소갈머리가 자신에게 부족해서인지, 철들기 싫어서인지, 아니면 연락 없이 찾아온 옛 친구와 몇 개의 밤을 안주로 술을 마시는지 알 수 없지만 오늘 저녁, 아니면 늦어도 내일 낮까지는 어느 술집에 앉아 내게 전화할 확률이 97%를 넘는다는 정황은 내가 보장한다. 하지만 지금 이 동네에 그는 없다.

인간으로 마지막까지 싸우며 해결해야 하는 죽음의 문제를 극복 (했다고 주장)한 그가 갑자기 사라졌다. 그런 그가 우리 같은 보통 사람이 만지작거리는 유치한 행동을 할 리는 없다. 없어야 한다. 이런 상황에서 모두가 깜짝 놀랄 초능력적 지성의 결과물을 내어놓아야 하는 일이 초능력자의 의무이다. 내가 너무 많이 지나쳤다. 아무리 생각해 봐도 그는 가장 유치한 행동을 할 확률이 커 보인다. 바로 무슨 일이 있었냐는 듯, 자신은 이런 행동에 관해 어떤 기억도 책임도 없다는 듯 술집에 앉아 전화하는 일이다.

허망한 예언은 허망한 세상의 것이다

저기 개울 건너 작은 길을 누군가 달리고 있다. 어디선가 나와 스쳤을지 모를 그는 작은 등짐을 지고 달린다. 달리는 일이라고 해서 반드시 목적지가 필요한 것은 아니다. 달린다고 해서 언젠가 떠난 곳으로 돌아가야 하는 것도 아니다. 그냥 발바닥으로 땅의 어느 한 꼭지를 꾹꾹 다지며 내딛는 일이다. 그러나 달리는 일은 어딘가를 떠나고 또 어딘가에 도착하는 일이다.

누군가 달린다. 그는 등짐을 지고 있다. 나는 본다. 저기 개울 건너 흔들리는 등짐이 등 모르게 풀어지고 있다. 그의 목을 축여야 하는 물병이 머리를 내밀고 위태롭게 흔들리고 있으며 그의 땀을 닦아야 하는 한 장 수건은 물 빠진 회한마냥 바닥으로 머리를 늘어뜨리고 있다. 저들은 늘어지고 흔들리다 아무도 없는 길바닥에 떨어질 것이다. 그렇게 길 위에 흩어질 것이고 그는 어느 굽이치는 길의 그늘에서 자신이 빈 짐을 지고 달려왔다는 사실을 깨달을 것이다. 잠시 돌아서 지나온 길을 따라 먼 곳을 바라볼 것이고 어쩔 도리 없는 삶에 혀를 내두를 것이다.

나는 지금 그를 바라보면서 아무것도 해 줄 수 없다. 이 작은 개울은 그에게 어떤 신호도 전달할 수 없는 두 세계의 경계이다. 그저 이렇게 바라볼 수밖에 없는 상태로 허망한 결말을 상상할 뿐이다.

그는 나무 그늘에 주저앉아 개울 건너 내가 선 길을 바라본다. 아니 초점 없는 시선을 그저 허공에 묻고 있는 것일지도 모른다. 길 위에 무엇을 흘리고 왔는지 돌아보지 못하는 나 또한 허공이다.

한밤 이런 꿈을 꾸기도 하는 것이 이 동네의 삶이다.

그래서 동네는 동네가 예언하려고

집을 나서면 아래층 사는(동네에도 아파트가 훨씬 많다) 할아버지를 만난다. 1층 현관 앞 자전거 주차장 마지막 칸에 놓인 작은 의자에 앉아 담배를 피운다. 걸음걸이가 심하게 흔들리는 팔십대 노인은 담배를 피우기 위해 하루에 10여 차례 이상 4층과 지표면을 오가는데 이 운동이 언제부터 시작됐는지 노인 자신도 잘 모른다. 담배의 폐해 때문에 발생하는 수명 삭감분과 오르내리는 운동으로 얻는 수명 추가분을 합산하여 얻은 수는 흔히 노인의 수명을 예상하는 자료로 여기지만 동네의 풍토를 잘 아는 이에 따르면 두계천 수면에 첫 얼음이 어는 날짜를 예언하는 요령으로 사용한다고 한다. 매년 이 날짜는 조금씩 변하는데 언제인가 아파트 입구에 있는 소현마트 천 사장이 한밤중 덜컥 찾아온 심근경색으로 살짝 저세상 구경을 하고 온 날과 맞아떨어졌다는 전언도 있다. 이 일로 천 사장은 다른 이에게 가게를 넘김과 동시에 누구보다 좋아하던 술, 담배 모두를 한방에 끊었다. 천 사장이 술과 멀어지자 개업한 지 두 달된 무한삼겹살집의 매상이 평균 1% 정도 올랐으며(어렵지 않다. 면사무소 공지사항에 따르면 삼겹살 마니아인 천 사장이 술 대신 고기를 더 먹기 때문이라고) 소현마트를 인수한 새 주인은 넉 달 후 백 미터도 떨어지지 않은 삼흥아파트 삼거리 옆 공터에 대형 두개로마트가 들어선다는 사실을 자신만 몰랐다고 따졌고 (이제 사장이 아닌) 천 씨는 한밤중 자신의 생명을 위협했던 심근경색이 오는지도 몰랐는데 두개로마트가 어디에 자리를 잡을지 자신이 무슨 수로 알겠느냐며 시치미를 뗐다.

그러니까 어떤 심근경색은 화재로 이어지고는 한다. 이 인과관계를 추적하기 위해 시간을 거슬러 올라가다 보면 소현마트 바로 옆 팔이팔이횟집을 만난다. 횟집 사장은 그냥 공터였던 지금 두개로마트 자리에서 몇 년 동안 아주 성공적으로 포장마차를 운영했다. 엉성한 비닐하우스 포장마차였지만 안주 가격이 쌌고 특히 산 오징어를 압력솥에 쪄낸 먹통찜이 인기가 많았다. 화장실도 없어서 해가 지기를 기다려 포장마차 뒤 적당한 풀섶에 일을 봐야 하는 가게였지만 저녁이면 술꾼들로 북적였고 그렇게 자리를 못 잡고 발길을 돌리는 이들이 늘어나면서 언덕배기 위 그저 그런 실내 포장마차까지 덕을 보던 어느 4월이었다. 봄 한가운데 폭설이 내려 동네에서 농사를 짓는 비닐하우스 거반이 주저앉았지만 술꾼들의 취기를 짓는 이 포장마차 비닐하우스는 끄떡없었다. 그 공터는 동네 주변 어느 절의 소유였는데 가끔 포장마차에 찾아와 승복 입은 채로 한잔하던 절의 주지 말로는 불기운이 센 땅이라 차가운 재난에는 잘 견딘다고 투덜거렸다고 한다. 한 번도 술값을 치르지 않은 공짜 소주의 화기(火氣)를 이기지 못해 흘린 주사였다고 주변 사람들은 말했지만 뭔가 큰 건을 예언한 듯한 발언이기도 했다.

하여간 포장마차가 있던 땅을 시에서 임대해 주말농장을 시작하면서 횟집은 소현마트 옆 작은 상가 건물로 입주했다. 그간 번 돈으로 아예 그 건물을 샀다는 소문에 대해 술 마시는 사람들은 시기하지 않았지만 천 사장은 그럴 리가 없다고 부정하며 다녔다. 횟집은 그 뒤로도 한동안 성업했는데 어느 순간부터 주방에서 작은 화재가 이어지기 시작했다. 상가로 이사를 오면서 그전 땅의 화기를 가지고 와서 그렇다는 입방아와는 입장을 달리한 소현마트 천 사장은 횟집에 있는 수조를 원인으로 지목했다. 곧 접시에 흰 살로 올라갈 물고

기들을 살려 두기 위해 바닷물로 채워진 수조는 낮은 온도를 유지해야 하기 때문에 많은 전기가 필요한데 그 전기용량을 감당할 수 있는 전기 시설을 갖추지 않았기 때문이라며 횟집 사장과 자주 다퉜던 것이다. 횟집에 불이 나면 당연히 소현마트도 피해 사정권 안에 있기 때문에 천 사장이 과하게 예민하다고만은 볼 수 없는 일이었다. 두세 번인가 소방차가 출동하고 나자 횟집에 손님이 줄기 시작했고 천 사장은 '내 심장 벌렁거려 못 살겠네'를 외치며 횟집 문을 박차고 들어가 2단 옆차기를 날릴 기세였으나 문은 열리지 않았고 매번 그랬던 것처럼 큰 싸움은 없었다.

그날은 향적산 정상 부근에서 오십 년 된 상수리나무가 그해 첫 낙엽을 떨군 날이었고 이 낙엽이 투신한 일정은 동네에 횡행하는 화기 때문에 예정보다 일주일 빠른 것이었다고 한다. 그날, 동네에서는 전국노래자랑이 열렸고 그 자리에서 불쾌하게 한잔한 토호 출신 시장이 화장실에서 나오다가 지퍼를 마저 올리지 못한 채 넘어지는 작은 소동이 있었다. 이후 시장의 성 정체성에 관해 이런저런 쑥덕거림이 있었으나 작은 동네일지언정 이 정도의 논란을 묻어 버릴 이슈는 충분했다.

그 겨울이 오기 전에 횟집은 칼국숫집으로 변신을 시도했지만 분위기는 개점휴업 상태를 면하지 못했고 앞서 말했던 대로 천 사장은 심근경색을 일으켰으며 공터에는 대형 두개로마트가 들어왔고 새 주인에게 넘어간 소현마트는 개점휴업 상태로 변했다.

진공청소기처럼 동네 사람들을 빨아들이던 두개로마트를 커다란 잿더미로 만들어 버린 대형 화재는 이로부터 채 넉 달이 지나지 않아 발생했다. 동네가 자랑하던 푸른 하늘과 동네의 자부심 두개로마트를 잇는 거대한 검은 연기 기둥은 여섯 시간 동안 꿈틀대며 그 자리를 지켰고 인근 도시에서 출동한 10여 대의 소방차는 포물선을 그리는 물줄기를 계속 쏘아 댔지만 검은 바벨탑을 경배하는 붉은 신도들처럼 보이기만 했다. 여기에 온갖 화학물질이 타는 냄새가 퍼져 인근 대도시의 강아지들에게 대규모 불임 사태를 초래했다는 민원도 끊이지 않았다. 하여간 이 화재는 동네가 전형적인 농촌 마을에서 근대적 아파트 단지로 변신한 후 있었던 가장 큰 사건들 중 하나로 회자되고 있다.

화재가 진화되고도 한참 동안 방치된 건물의 잔해와 시커멓게 남은 불길의 흔적을 구경하러 나온 동네 사람들 입에서는 천 씨가 심근경색을 겪고도 저승에서 살아 돌아온 대가로 엉뚱한 마트가 불에 탔다는, 도대체 근거를 알 수 없는 이야기가 나돌기 시작했다. 천 씨는 이런 이야기를 들었는지 아니면 모르는지 여전히 동네의 이곳저곳에 출몰하며 건강하게 잘 지내고 있으나 이야기들은 천 씨와 상관없이 스스로 살아 움직이며 팔월에 발악하는 초록처럼 무성해졌다.

대부분의 초록은 여름의 작은 부분으로 자신의 소임을 다하지만 유독 눈에 띄는 초록들도 있으니 무성한 초록 중 하나가 계절보다 먼저 노을 색으로 단풍 들거나 겨울의 한복판에서도 초록으로 버티는 별종의 이야기들이다.

천 씨가 아프고 난 후 가끔 이상한 행동을 보인다는 이야기가 그중 하나이다. 서쪽 어느 바닷가에서 태어난 천 씨는 고등학교까지 졸업은 했지만 자신에게 학업의 무게는 바닷가에 널린 바지락 껍데기 다음이었다고 말하고 다녔다. 공부와 둔 거리가 죄 될 일은 아니고 조금 과하게 활달하다 싶은 성격도 한 이불 쓸 사람 아니라면 그저 아침에 지저귀는 새소리 같은 것이라 그럭저럭 나무랄 데 없다고 동네 사람 대부분이 합의할 만한 그런 사람이었다. 물론 지금도 사람 좋은 천 씨는 그대로이지만 사람들이 관심을 가지는 변화는 좀 엉뚱한 부분이다. 그가 갑자기 시집을 사서 읽기 시작했으며 한밤중 그날그날 매상을 정리하던 앉은뱅이책상에 앉아 장부에 숫자를 적는 것이 아니라 노트에 뭔가 다른 문장을 끼적이기 시작했다는 점이다. 그 시점도 의견이 분분하다. 어떤 이는 잠깐 저세상 구경하고 온 이후라고도 하고 다른 이는 천 씨가 자주 다니는 무한삼겹살집에서 어떤 아저씨와 식사를 하고부터라고 말한다. 그는 한 쌈 가득 입으로 밀어 넣고는 우걱거리며 씹어 대는 둥글둥글한 중년의 남자였고 술을 마시지 못하는 천 씨 앞에서 보란 듯 부지런히 잔을 비워 댔다고 한다. 그리고 또 하나 목격담이 있다. 천 씨와 같은 동에 사는 문구점 박 사장은 천 씨가 3층 베란다 밖에 둥둥 떠 있는 것을 봤다고 말했다가 다음 날 아침, 지난밤 술을 많이 마셔 잘못 본 것이라고 부랴부랴 취소하기도 했다.

지금까지 천 씨 얘기를 길게 따라왔지만 동네에 사는 여러 사람들에게, 그것도 비슷한 시기에 뜻밖의 변화가 생겨났다는 사실을 눈치챈 사람은 적지 않았다. 변화를 보인 모든 사람들의 이야기를 옮기는 일이야 즐겁기는 하나 끝을 볼 수 없는 일이므로 몇 건만 정리해 본다.

먼저 동네에 사는 서른여섯 살 여성인 박 씨는 새로운 눈을 얻은 예이다. 미혼임에도 점점 불어 가던 체중을 걱정하던 박 씨는 사람들 눈이 없는 새벽 시간을 개척해 몸 가꾸기에 나섰다. 저녁이면 함께 외로움을 달래던 맥주 캔의 수를 줄이면서 새벽같이 산책을 나가는 처음 며칠 동안은 차라리 이번 생에서 과체중은 운명이라고 생각할까 마음먹을 만큼 힘들었다. 그러나 박 씨는 고통을 이겨 내고 새벽 산책을 자신의 버릇으로 받아들였다. 이 성공의 과정이 아침잠이 없어질 만큼 먹어 버린 나이 덕이었다는 생각이 들면 울적해졌지만 3개월 동안 산책을 이어 온 자신을 바라볼 때 느껴지는 뿌듯함은 다른 잡념들을 물리치고도 남았다. 그 결과 기대만큼 체중이 줄지는 않았지만 체력이 훨씬 좋아졌으며 상쾌하게 맞는 아침도 무를 수 없는 기쁨이 되었다.

어느 이른 아침 천변의 길을 산책하던 박 씨는 천천히 옅어지기 시작한 어둠 속에서 씩씩거리며 다가오는 한 덩어리 생명체와 맞닥뜨리고는 소스라치게 놀란 적이 있다. 점점 드러난 모습은 멧돼지의 호흡을 하면서 뒤뚱거리며 달려오는 살집 좋은 중년의 아저씨였다. 그를 처음 보고는 너무 놀라 산책 길을 바꿀까 생각도 했었지만 그 길은 버리기에 너무 한적하고 매력적이었다. 박 씨는 그 멧인간을 딱 한 번 더 보았다. 다른 새벽 멀리 사라지는 뒷모습 하나를 보았지만 거친 숨을 몰아쉬며 힘겹게 몸을 끌고 달려가는 모습은 한눈에도 그였다. 그런데 그가 지나간 길에 푸르스름한 빛이 잔광처럼 흐리게 빛나고 있었다. 한밤중 반딧불이가 그리는 그림 비슷하다고 생각했지만 눈을 깜박거릴 때 나타나는 착시 같기도 했기에 두어 번 갸우뚱하다가 금방 잊어버리고 말았다. 다음 날 새벽길을 나서던 박 씨는 뭔가 이상한 느낌을 받기 시작했다. 자꾸 뭔가가 보이기 시작한 것이다. 아니 특별히 뭔가가 더 보이는 것은 아니었지만 범상한 것들이 자꾸 구분 지어 보이기 시작했다.

새벽에 만나는 어둠도 굉장히 여러 종류로 나뉘어 보이기 시작한 것이다. 한밤중처럼 아주 불투명한 어둠은 몇 없고 단계별로 여러 종류의 투명도를 가진 어둠이 변화무쌍하게 섞여 있으며 어둠마다 가진 배경 색도 모두 달랐다. 짙은 청색의 배경을 가진 어둠, 붉으죽 죽하게 혼색한 어둠, 어두운 노랑을 품고 있는 어둠 등, 헤아릴 수 없이 많은 종류의 어둠들이 서로 농밀하게 섞여 있다는 사실을 알게 되었다. 어지러웠다. 여기에 하루하루 바뀌는 개울의 물 냄새도 예민하게 구별할 수 있게 되었다. 물고기들의 활동과 이끼류의 농도, 주변 식물의 생장 정도, 전날 내린 비의 성분 등이 어울려 아주 다양한 냄새를 풍겼다. 이러하니 계절을 단위로 바뀌는 물 냄새는 여름과 겨울의 온도 차만큼 확실하게 다르게 느껴질 밖에.

동네 외곽에 자리 잡은 용북고등학교에는 3년째 힘들게 학교생활을 이어 가고 있는 김 군이 있다. 이 친구 또한 겉으로 드러나지는 않지만 이상한 변화를 겪었다고 수군거렸다. 어느 날부터 자기 안에 누군가 들어와 앉아 수시로 자신에게 말을 건넨다는 것이다. 일견 정신병을 원인으로 하는 증상과 비슷해 스스로도 적잖이 걱정했지만 차츰 적응이 되고 안정되더라는 것이다. 그리고 시간이 지나면서 오히려 재미를 느끼기 시작했다. 증상은 이런 식이다. 옆자리 친구가 지루한 수업을 견디며 멍하게 창밖을 바라보고 있는 모습을 보고 김이 묻는다.

"무슨 생각하냐?"

"왜 이렇게 시간이 안 가는 거지?"

이때 자기 안에 있는 다른 사람이 순간적으로 마이크를 채 간다고 했다. 그리고 누군지 모를 목소리가 말을 시작하는 것이다.

"인간이 자신에게 주어진 시간에 관해 생각해야 하는 경우는 주로 고통과 손잡고 있을 때지. 그렇게 시간이 고통으로 다가오는 경우에 아주 느리게 흘러! 그렇지? 고통을 업고 있으니 시간이 느리지 않겠어? 그리고 이 느린 흐름은 생의 구석구석을 쥐어뜯으며 흘러가. 지금 네가 그렇지?"

친구는 정신이 멍해졌다. 평소 욱하면 눈에 뵈는 게 없는 무대뽀 성질머리를 자랑하다가 나머지 시간은 빈틈없이 잠으로 채우는 김의 말이라고는 도저히 믿을 수 없었기 때문이다. 교무실로 뛰어들어가 아무 선생님이나 붙잡고 하소연이라도 하고 싶었을 것이다. 김이 심각한 질병을 앓고 있다고, 정말 이상한 일이 일어났다고. 그런데 최근에 이런 일은 흔했다. 김과 가끔 어울려 술 한잔하는 최 군이 있다. 이 친구는 원만치 못한 가정환경 탓에 할머니와 단 둘이 지내고 있으며 일주일에 한 번 정도는 학생주임과 면담하는 보람으로 고등학교 생활을 견디고 있었다. 그날도 학생부에 다녀오면서 최가 뱉은 욕설은 자신을 향한 푸념이었지 김이 들으라고 한 말은 아니었다.

"에이, 시바! 왜 꼭 나한테만 이런 일이 터지는지 몰라, 조또."

이때 김은 심지어 그윽한 눈빛까지 보이면서 최를 향해 입을 열었다.

"원자 단위의 작은 세계는 아주 단순해! 수많은 전자들은 서로 구별할 수 없이 똑같아. 그리고 이들을 통제하는 힘도 간단해. 전자기력이잖아. 밀거나 당기는 거지. 우주 차원의 거대한 스케일도 아주 단순해. 그냥 중력에 의해 시공간이 휘고 질량 있는 것들은 그 시공간 위를 기울기대로 미끄러지면서 운동하는 거야. 우주는 빅뱅 이후에 아주 빠르게 팽창하고 있고 아주 큰 질량으로 탄생한 블랙홀은 그 시공을 잡아먹고 있어. 작은 세계이건 큰 세계이건 아주 단순해. 복잡한 일은 인간과 생명이 움직이는 중간 규모에서, 그러니까 우리가 사는 규모에서만 복잡한 일이 벌어지는 거야. 생명이 만들어지는 지극히 복잡한 과정이 이미 벌어졌잖아! 복잡한 사건이 일어난 거야. 그러니까 우리는 사건의 자식이라고. 사건이 일어나는 곳에 우리 인생이 위치하고 있는 거야. 우리 인생은 사건 그 자체잖아. 이해해야지."

김의 말이 끝났을 때 최의 반응을 멀리서 본 사람은 이렇게 추측했다. 은밀히 로또에 당첨되었다는 통보를 들었거나, 듣도 보도 못했던 생애 가장 치욕적인 욕을 들었거나, 아니면 견딜 수 없는 구취를 경험했거나. 하여간 5초 안에 부축하는 사람이 없으면 최의 풀린 다리는 맥없이 주저앉을 상태였다.

아직은 청소년인 김 군이 이런 다중인격장애(가 아닌 다중인격 성장) 증상을 보이는 원인은 아무도 모른다. 다만 언제부터 증상이 나타나기 시작했는지 김 군 스스로 짐작할 뿐이다. 4월 어느 날로 기억한다. 저녁 급식도 야자도 모두 땡까고 동네 외곽에 있는 허름한 밥집에 찾아들어 김치찌개 한 그릇을 맛있게 비우고 있었다. 그러다가 또 속에서 뭔가 치밀어 올랐다. 주인 할머니 들으라고 일부러 덜그럭거리며 냉장고에서 소주 한 병을 꺼내 와 땄다. 그 한 병은 5분이 안 되어 바닥을 드러냈지만 그다음은 돈이 모자랐다. 밥값에 소주 값을 더하면 1만원 한 장 분량이 꽉 차는 것이었다. 나중에 준다고 땡깡을 부리고는 한 병 더 마실까 고민하는 순간이었다. 구석에 앉아 야구를 보며 혼자 소주를 마시던 아저씨가 슬그머니 다가와 앞자리에 앉는 것이었다. 김은 바짝 긴장하면서 주먹을 움켜쥐고는 그를 노려보았다. 어지간히 꼰대 짓 하는 인간이라면 그냥 들이받아 버릴 심산이었다.

약간 작은 키에 통통하게 배가 나온 평범한, 아니 조금 지저분한 아저씨 손에는 소주 2병이 들려 있었다. 그는 이렇다 저렇다 말없이 김에게 술을 따랐고 10분 후 자기 자리로 돌아갈 때 뱉었던 한두 마디 야구 이야기는 두고 빈 소주병 둘은 들고 갔다. 김 군은 고맙다는 인사도 하지 않았다. 그가 왜 자신에게 다가와 술을 따랐는지 모르는 데다 사소한 일에 자존심 상하는 일일랑은 제일 싫어했기 때문이다. 그러나 이상하게 그가 준 술은 모두 받아 마셨다. 술을 마시면서 약간 이상한 냄새가 난다고 느낀 것 말고는 다른 아무 일도 일어나지 않았다. 모든 면에서 보통 소주가 확실했지만 약간 구린 듯, 쉰 듯 냄새가 조금 나는 것 같았고 조금 더 걸쭉한 느낌도 지울 수 없었다. 꾀죄죄한 아저씨 인상 때문에 그렇게 느낀 것이라 생각하면 아무것도 아니었다. 그냥 뜻밖의 술을 한잔 마신 것뿐이다. 그런데 그가 불쑥 술을 따라 주었던 그 즈음부터 자신의 속 안에서 누군가 불쑥 튀어나와 뜻 모를 말을 하고는 또 조용히 사라지는 현상이 나타나기 시작한 것 같았다.

이들 외에도 변화는 여러 사람들에게서 감지되었다. 동네에서 태어나고 자라 인근 대도시에 있는 대학을 다니는 한 청년은 어느 순간부터 하늘을 이루는 파란색의 밀도와 곳곳에서 바닥에 밟히는 흙의 밀도가 가지는 상관관계를 계산하기 시작했고 아침마다 가까운 절로 산책을 나가던 할머니는 안개가 뭉쳐 머무는 모양을 따져 보고는 어느 집에 곧 아이가 태어날지, 또 어느 집 아이가 조만간 가출할지 예언하기 시작했다. 이전부터 알던 집안이었기에 가능하다고 무시하는 사람들도 있지만 어쨌건 족집게처럼 잘 맞췄다는 후문이다.

초등학교 3학년 여자아이의 이야기도 아는 사람은 다 아는 화젯

거리였다. 때는 한 영화에서 초등학교 여학생이 아빠를 향해 "뭣이 중헌디?"라고 소리를 질렀던 대사가 유행했던 시기였다. 동네의 어린 여자아이가 조금 이상한 말을 떠들기 시작하자 사람들은 유행을 따라 어디선가 들은 얘기를 떠들고 다닌다고 생각했다. 그러나 내용은 아이가 옮길 만한 것은 아니었기에 듣는 이는 움찔 물러설 수밖에 없었다.

 "죽는다는 일은요, 여기가 싫은 거예요? 아니면 저기 건너에 있는 땅이 좋다는 건가요? 또 아니면 그저 여기에서 거기로 건너가는 일인가요? 사람들이 냇물을 보면 호기심으로 그냥 발 담그고 건너가기도 하잖아요. 뭐예요? 혹시 아세요? 볼 수 있나요? 전에 어떤 아저씨가 혼자 중얼거리는 말을 들었거든요. 자기는 보이지 않는 것을 본다고, 그리고 어딘가에 매달려 있다고. 저는 들었거든요. 무슨 뜻이죠? 아시나요?"

 이렇다고 동네 전체가 뒤숭숭한 것은 아니었다. 다만 몇 뒤숭숭한 꿈을 꾸는 사람이 있었을 뿐이고 몇몇이 다른 세계를 보기 시작했지만 그렇다고 특별히 변한 것은 없었다. 사는 일이 그렇듯이.

그가 초능력을 증거하는 방법은

 이렇게 사라지는 것이야말로 가장 확실한 능력일 수도 있다. 그는 한동안 눈에 띄지 않고 있다. 그렇다고 심각하게 생각할 일은 아니지만 한번쯤은 내가 그라고 생각하면서 마음을 이입해 따라가 볼 필요도 있다는 생각이 들었다. 우선 뻔뻔함으로 보건대 뭔가를 부끄러워한다거나 어떤 잘못을 덮기 위해 숨어 있을 만한 심약함은 그의 것이 아니다. 오히려 자신의 초능력을 보여 주는 방법 중 하나라고 보는 것이 더 타당하다.

엊그제 그와 항상 가던 술집에서는 작은 소동이 있었다. 술을 마시던 동네 술꾼을 빤히 바라보던 외지인 한 명이 술꾼에게 한 대 얻어맞은 것이다. 그 얘기를 듣다가 번뜩, 모습을 바꾸고는 자신을 못 알아보는 사람들을 속으로 놀리며 앉아 있는 그가 떠올랐다. 또는 자신을 숫자로 나누어 여러 명이 된 채로 여러 사람들의 정신 속으로 들어가 새로운 눈으로 동네를 바라보고 있을지도 모를 일이다. 물론 멀지 않은 곳에 죽치고 술을 마시고 있을 확률이 가장 높다. 아마도 오늘 저녁이면 전화가 올 것이다.

바로 믿는 것이다

그를 믿어야 한다. 믿으면 어떤 일이 벌어지는지 보여 주는 글이 하나 있다. 이 글의 논리는 믿음을 무기로 신이 어떻게 세계라는 무대에서 후딱 사라질 수 있었는지를 잘 보여 준다. 『은하수를 여행하는 히치하이커를 위한 안내서』 중 한 단락으로 이 글은 바벨피시라는 희한한 물고기에 관한 설명으로 시작한다. 이제 이 논리를 이용해, 잘될지 모르겠지만, 그가 가진 초능력을 증명해 보려 한다. 원문에서 몇 개의 주어만 바꿔 옮긴다. 이제 그를 믿고 따를 일만 남았다. (원문이 궁금한 분은 한번 찾아보시길.)

이처럼 믿기지 않을 정도로 유용한 꼬장이 순전히 우연에 의해 진화할 수 있었다는 것은 너무도 괴이하리만치 말이 안 되는 우연의 일치이기 때문에 어떤 사상가들은 이를 그가 초능력자가 아니라는 사실을 최종적이자 결정적으로 증명하는 증거로 거론해 왔다.

그들 주장은 이런 식이다. '나는 내가 초능력 시인인 것을 증명하기를 거부한다'고 그가 말한다. '증거는 믿음을 부인하는 것이며, 믿음이 없다면 나는 초능력 시인이 아니기 때문이다.'

'하지만' 동네 사람들이 말한다. '그 꼬장이 결정적인 증거 아닌가요? 그런 것이 우연히 진화했을 리가 없잖아요. 이건 당신이 초능력 시인이라는 증거입니다. 그러므로 당신 자신의 주장에 따르면, 당신은 초능력 시인이 아닌 거지요. 증명 요망.'

'젠장' 그가 말한다. '그 생각을 못했네.' 그러고는 논리의 연기 속으로 휙 사라져 버린다.

'하, 이거 쉬운걸.' 동네 사람들이 말한다.

지금 무엇을 증명했는지 당최 알 수가 없어졌다.